AS TUMBAS de ATUAN

As Tumbas de Atuan

URSULA K. LE GUIN

CICLO TERRAMAR, VOLUME 2

Tradução
Heci Regina Candiani

MORROBRANCO
EDITORA

Copyright © 1971 por Ursula K. Le Guin
Copyright Renovado © 1999 por Inter-Vivos Trust para Le Guin Children
Posfácio copyright © 2012 por Ursula K. Le Guin
Ilustrações copyright © 2018 por Charles Vess
Mapas copyright © 1968 por Ursula K. Le Guin

Título original: THE TOMBS OF ATUAN

Direção editorial: VICTOR GOMES
Coordenação editorial: ALINE GRAÇA
Acompanhamento editorial: MARIANA NAVARRO
Tradução: HECI REGINA CANDIANI
Preparação: LETÍCIA NAKAMURA
Revisão: NESTOR TURANO
Ilustrações de capa e miolo: CHARLES VESS
Adaptação de capa original: VANESSA S. MARINE
Projeto gráfico e diagramação: EDUARDO KENJI IHA

ESTA É UMA OBRA DE FICÇÃO. NOMES, PERSONAGENS, LUGARES, ORGANIZAÇÕES E SITUAÇÕES SÃO PRODUTOS DA IMAGINAÇÃO DO AUTOR OU USADOS COMO FICÇÃO. QUALQUER SEMELHANÇA COM FATOS REAIS É MERA COINCIDÊNCIA.

TODOS OS DIREITOS RESERVADOS. PROIBIDA A REPRODUÇÃO, NO TODO OU EM PARTES, ATRAVÉS DE QUAISQUER MEIOS. OS DIREITOS MORAIS DO AUTOR FORAM CONTEMPLADOS.

DADOS INTERNACIONAIS DE CATALOGAÇÃO NA PUBLICAÇÃO (CIP)

L521t Le Guin, Ursula K.
As Tumbas de Atuan / Ursula K. Le Guin ; Tradução: Heci Regina Candiani – São Paulo : Morro Branco, 2022.
168 p. ; 14 x 21 cm.

ISBN: 978-65-86015-57-7

1. Literatura americana. 2. Fantasia – Romance. I. Candiani, Heci Regina. II. Título.
CDD 813

TODOS OS DIREITOS DESTA EDIÇÃO RESERVADOS À:
EDITORA MORRO BRANCO
Alameda Santos, 1357, 8º andar
01419-908 – São Paulo, SP – Brasil
Telefone (11) 3373-8168
www.editoramorrobranco.com.br

Impresso no Brasil
2022

PARA A RUIVA QUE
CRESCEU EM TELLURIDE

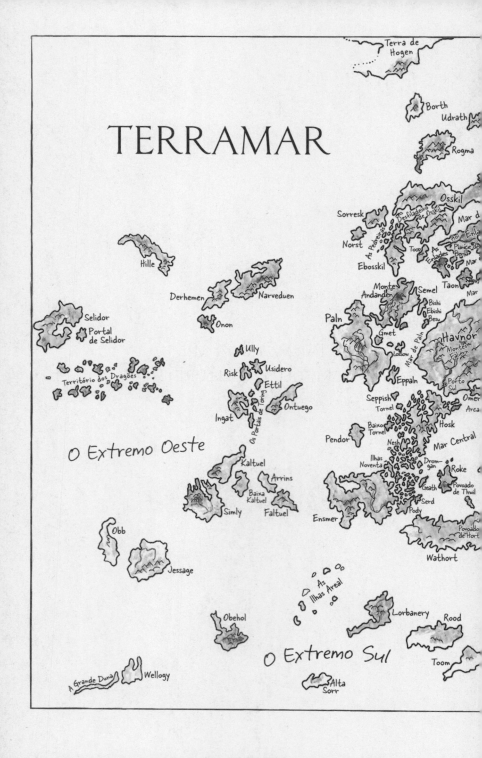

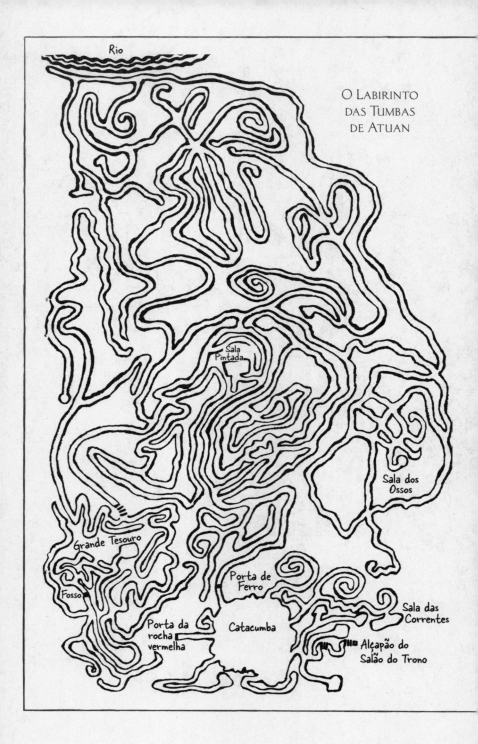

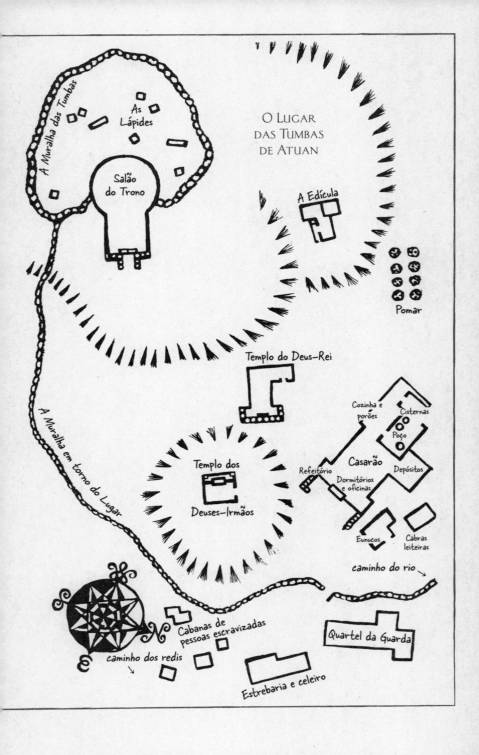

SUMÁRIO

PRÓLOGO 13
1. A DEVORADA 15
2. A MURALHA EM TORNO DO LUGAR............................20
3. PRISIONEIROS 34
4. SONHOS E HISTÓRIAS 48
5. LUZ SOB A COLINA 65
6. A ARMADILHA PARA O HOMEM 77
7. O GRANDE TESOURO 94
8. NOMES 106
9. O ANEL DE ERRETH-AKBE 113
10. A FÚRIA DAS TREVAS...126
11. AS MONTANHAS DO OESTE 135
12. VIAGEM 147
POSFÁCIO..159

PRÓLOGO

Venha para casa, Tenar! Venha para casa!

No vale profundo, ao cair da tarde, as macieiras estavam às vésperas de florescer; lá e cá, entre os ramos, uma flor se abrira antes da hora, rosada e branca como uma estrela esmaecida. Pelas trilhas do pomar, no capim espesso, fresco e úmido, a garotinha corria pelo prazer de correr; ao ouvir o chamado, não o atendeu de pronto, mas girou em um longo círculo antes de virar o rosto em direção à casa. A mãe, esperando na soleira da porta, com a luz da fogueira atrás de si, observou a silhueta minúscula correndo e tremulando tal qual uma penugem soprada acima do capim, que começava a escurecer sob as árvores.

Em uma quina da cabana, limpando os grumos de terra de uma enxada, o pai perguntou:

— Por que você deixa seu coração se apegar à criança? No mês que vem, vão levá-la embora. Para sempre. Talvez também a enterrem e acabem com isso. De que adianta se apegar a alguém que você está fadada a perder? Ela não serve para nós. Se ao menos pagarem por ela quando a levarem, já seria alguma coisa, mas não vão pagar. Vão levá-la e está acabado.

Ao observar a garota, que tinha parado, olhando para cima por entre as árvores, a mãe não disse nada. Acima das altas colinas, acima dos pomares, a estrela da noite brilhava com clareza penetrante.

— Ela não é nossa, nunca foi, desde que vieram e anunciaram que ela deve ser a Sacerdotisa das Tumbas. Você não consegue entender isso? — A voz do homem era rude, queixosa e amargurada. — Você tem outros quatro. Eles vão ficar aqui, e ela não. Então, não queira tão bem a ela. Deixe a menina ir!

— Quando chegar a hora — replicou a mulher —, vou deixar.

— Ela se abaixou a fim de receber a criança, que veio correndo com pezinhos brancos, descalços, pelo terreno lamacento, e a pegou nos braços. Enquanto se virava para entrar na cabana, ela inclinou a cabeça para beijar o cabelo da criança, que era preto; mas seu próprio cabelo, sob a cintilação da luz da lareira, era claro.

O homem ficou do lado de fora, com os pés descalços e frios no chão, e o céu límpido de primavera escurecia acima dele. Na penumbra, seu rosto era cheio de dor, uma dor sombria, pesada, raivosa, que ele nunca encontraria palavras para expressar. Por fim, ele encolheu os ombros e seguiu a esposa, entrando no recinto iluminado pelo fogo e preenchido pelas vozes das crianças.

CAPÍTULO I
A DEVORADA

Uma trompa gemeu alto e calou-se. O silêncio que se seguiu foi abalado apenas pelo som de vários passos acompanhando o ritmo de um tambor golpeado brandamente à cadência lenta do coração. Atravessando rachaduras no teto do Salão do Trono, frestas entre colunas em que um segmento inteiro de alvenaria e telhas desmoronara, a luz do sol cintilava, oscilante e oblíqua. E hora depois do alvorecer. O ar estava parado e frio. Folhas mortas de ervas daninhas, forçadas a crescer por entre os ladrilhos de mármore e envoltas pela geada, estalavam e se agarravam às longas vestes pretas das sacerdotisas.

Vinham em grupos de quatro mulheres pelo vasto corredor entre as fileiras duplas de colunas. O tambor pulsava, monótono. Nenhuma voz soava, nenhum olho observava. Tochas carregadas por garotas vestidas de preto ardiam, rubras, sob os raios de sol, brilhando ainda mais na penumbra entre eles. Do lado de fora, nos degraus do Salão do Trono, os homens, guardas, tocadores de trompa e de tambor, estavam em pé; pelas grandes portas entravam apenas mulheres, cobertas com vestes escuras e capuzes, caminhando lentamente em quartetos na direção do trono vazio.

Duas se aproximaram, mulheres altas agigantando-se em seus trajes pretos, uma delas esguia e rígida; a outra, pesada, meneando quando fincava os pés. Entre as duas caminhava uma criança de mais ou menos seis anos. Ela usava um vestido branco, reto. A cabeça, os braços e as pernas estavam nus, e ela estava descalça. Parecia muito pequena. Ao pé da escada que conduzia ao trono, onde as outras agora aguardavam, formando fileiras sombrias, as duas mulheres altas pararam. Elas impeliram a criança levemente para a frente.

Na plataforma elevada, o trono parecia dispor de cortinas em cada um dos lados, grandes tecidos escuros emaranhados que pendiam da escuridão do teto; se eram cortinas ou apenas sombras mais densas, o olho não poderia assegurar. O trono em si era preto, com reflexos opacos de pedras preciosas ou ouro nos braços e no encosto, e era enorme. Não tinha dimensões humanas: um homem que se sentasse nele pareceria minúsculo. Estava vazio. Nada se assentava nele, exceto sombras.

Sozinha, a criança escalou quatro dos sete degraus em mármore de veios vermelhos. Eram tão largos e altos que ela tinha de colocar os dois pés sobre um degrau antes de tentar o próximo. No degrau do meio, bem em frente ao trono, havia um bloco rústico de madeira, vazado no topo. A criança ficou de joelhos e encaixou a cabeça na cavidade, virando-a um pouco de lado. Ficou ajoelhada ali, sem se mexer.

A silhueta de um indivíduo usando uma toga de lã branca acinturada saiu de repente das sombras à direita do trono e desceu os degraus até a criança. O rosto dele estava coberto de branco. Em suas mãos, havia uma espada de aço polido de um metro e meio de comprimento. Sem palavra ou hesitação, ele empunhou a espada, erguendo-a com ambas as mãos, acima do pescoço da garotinha. O tambor cessou de bater.

Quando a lâmina atingiu o ponto mais alto e pairou ali, uma figura, em preto, emergiu do lado esquerdo do trono, saltou pelas escadas e deteve os braços do sacrificador com braços mais delgados. O lado cortante da espada reluziu no ar. Assim, as figuras branca e preta neutralizaram uma à outra por um instante, ambas sem rosto, como dançarinas avultando-se sobre a criança imóvel cujo pescoço branco estava exposto pela repartição dos cabelos pretos.

Em silêncio, cada um deles saltou para um lado e subiu a escadaria outra vez, desaparecendo na escuridão atrás do enorme trono. Uma sacerdotisa veio à frente e derramou o líquido de uma vasilha nos degraus, ao lado da criança ajoelhada. A mancha parecia preta na penumbra do salão.

A criança se levantou e, com dificuldade, desceu os quatro degraus. Quando chegou à base, as duas sacerdotisas altas a cobriram com vestes, capuz e manto pretos, e a viraram de novo de frente para os degraus, a mancha escura e o trono.

— Oh, que os Inominados contemplem a menina que lhes é concedida, aquela verdadeiramente nascida inominada, para sempre. Que aceitem sua vida e seus anos de vida, que também lhes pertencem, até a morte. Que a considerem aceitável. Que ela seja devorada!

Outras vozes, estridentes e ásperas como trombetas, responderam:

— Ela é devorada! Ela é devorada!

A garotinha permaneceu em pé, observando o trono, sob o capuz preto. As pedras preciosas incrustadas no encosto e nos braços enormes, em forma de garras, estavam revestidas de poeira, e nos entalhes do encosto havia teias de aranha e manchas esbranquiçadas de fezes de coruja. Bem diante do trono, os três degraus mais altos, acima do degrau em que ela se ajoelhara, nunca haviam sido escalados por pés mortais. Tinham uma camada tão espessa de poeira que pareciam um declive de solo cinzento; as superfícies planas do mármore de veios vermelhos totalmente escondidas por ciscos não tocados, não pisados, durante anos, durante séculos.

— Ela é devorada! Ela é devorada!

Nesse momento, o tambor, inesperado, recomeçou a soar, em batidas mais rápidas.

Silenciosa, em passos arrastados, a procissão formou-se e afastou-se do trono seguindo para o leste até o quadrado brilhante, distante da porta. Nas duas laterais, as grossas colunas duplas, como panturrilhas de pernas imensas, pálidas, subiam até a penumbra abaixo do teto. Entre as sacerdotisas, e agora toda de preto como elas, a criança caminhava, seus pezinhos descalços pisavam solenemente a relva congelada, as pedras frias. Quando a luz do sol, descendo oblíqua pelo telhado em ruínas, lampejava em seu caminho, ela não levantava o olhar.

Os guardas mantinham as portas abertas. A procissão em preto saiu para a luz e o vento rarefeitos e frios do início da manhã.

O sol tinha um brilho ofuscante, pairando acima da vastidão do leste. A oeste, as montanhas, assim como a fachada do Salão do Trono, capturavam sua luz amarela. As outras construções, ainda mais abaixo na colina, permaneciam nas sombras arroxeadas, exceto o Templo dos Deuses-Irmãos, do outro lado em uma pequena elevação: o telhado, recém-coberto de dourado, refletia a glória do dia. A fila de sacerdotisas, em quartetos, desceu a Colina das Tumbas; enquanto elas avançavam, começaram a cantarolar. A melodia tinha apenas três notas e a palavra que se repetia sem parar era uma tão antiga que perdera o significado, como uma placa de sinalização depois que a estrada não existe mais. Elas entoavam a palavra vazia sem parar. Aquele dia inteiro de Consagração da Sacerdotisa foi preenchido com o canto de vozes femininas, uma cantilena seca e incessante.

A garotinha foi levada de cômodo a cômodo, de templo a templo. Em um dos lugares, colocaram sal sob sua língua; em outro, ela se ajoelhou, de frente para o oeste, enquanto seu cabelo era cortado curto e banhado com óleo e vinagre aromatizado; em outro, foi deitada de bruços sobre uma laje de mármore preto, atrás de um altar, conforme vozes estridentes cantavam um réquiem pelos mortos. Nem ela nem qualquer uma das sacerdotisas comeu ou bebeu água durante todo o dia. Quando a estrela da noite se apagou, a garotinha foi colocada na cama, nua, entre mantas de pele de carneiro, em um quarto no qual nunca havia dormido antes. O quarto ficava em uma casa que estivera trancada por anos, tendo sido destrancada apenas naquele dia. Sua altura era maior do que o comprimento e não continha janelas. Havia um cheiro decrépito lá dentro, estagnado e rançoso. Em silêncio, as mulheres a deixaram ali, na escuridão.

Ela se manteve inabalável, deitada exatamente como a colocaram. Seus olhos estavam arregalados. Ela permaneceu assim por um longo tempo.

Avistou uma luz trêmula na parede alta. Alguém veio em silêncio pelo corredor, encobrindo uma candeia de junco para que não exibisse mais luz do que um vaga-lume. Ouviu-se um sussurro rouco:

— Ô, você está aí, Tenar?

A criança não respondeu.

Uma cabeça bisbilhotou pela porta, uma cabeça esquisita, nua como uma batata descascada e com a mesma cor amarelada. Os olhos eram como olhos de batata, castanhos e minúsculos. O nariz era minimizado pelas placas grandes e lisas das bochechas e a boca era uma fenda sem lábios. Impassível, a criança contemplou aquele rosto. Seus olhos eram grandes, escuros, estáticos.

— Ô, Tenar, meu favinho de mel, aí está você! — A voz era vigorosa, aguda como a de uma mulher, mas não era a voz de uma mulher. — Eu não deveria estar aqui, pertenço ao lado de fora da porta, ao alpendre; é para lá que vou. Mas tinha de ver como está minha pequena Tenar, depois desse longo dia, hein, como está meu desafortunado favinho de mel?

Ele se aproximou, silencioso, corpulento, e estendeu a mão como se fosse afagar o cabelo da menina.

— Não sou mais Tenar — disse a criança, olhando para ele. A mão se deteve; ele não a tocou.

— Não — declarou ele em um sussurro, depois de um instante. — Eu sei. Eu sei. Agora você é a pequena Devorada. Mas eu…

Ela não disse nada.

— Foi um dia difícil para a pequena — falou o homem, arrastando os pés, a luz minúscula tremulando em sua grande mão amarela.

— Você não devia estar nesta Casa, Manan.

— Não. Não. Eu sei. Eu não deveria estar nesta Casa. Bem, boa noite, pequena… Boa noite.

A criança não disse nada. Manan virou-se devagar e foi embora. A luz tênue desapareceu das paredes altas da cela.

A garotinha, que já não tinha nome exceto *Arha*, a Devorada, ficou deitada de costas, mirando fixamente a escuridão.

CAPÍTULO 2

A MURALHA EM TORNO DO LUGAR

Quando cresceu, ela perdeu todas as lembranças da mãe, sem saber que as havia perdido. Ela pertencia a este lugar, o Lugar das Tumbas; sempre pertencera a esse lugar. Só algumas vezes, nas longas noites de julho, quando observava as montanhas a oeste, secas e tingidas com a cor dos leões no resplendor avermelhado do pôr do sol, ela pensava no fogo que ardia na lareira, muito tempo atrás, e tinha a mesma luz amarelo-claro. E, com isso vinha a lembrança de ser abraçada, o que era estranho, pois ela raramente fora tocada; e a recordação de um aroma agradável, a fragrância de um cabelo recém-lavado e enxaguado com água perfumada com sálvia, longos cabelos lisos, com a cor do crepúsculo e do fogo. Era tudo o que lhe restara.

Ela sabia mais do que se lembrava, é claro, porque tinham lhe contado toda a história. Quando tinha sete ou oito anos e começou a se questionar quem, na verdade, era aquela pessoa chamada "Arha", ela foi até seu tutor, o Guardião Manan, e pediu:

— Conte para mim como fui escolhida, Manan.

— Ah, você sabe tudo, pequena.

E, de fato, ela sabia; a sacerdotisa alta, de voz seca, Thar, repetira até que ela soubesse as palavras de cor e as declamasse.

— Sim, eu sei. Com a morte da Sacerdotisa Una das Tumbas de Atuan, as cerimônias de sepultamento e purificação são concluídas em um mês, pelo calendário lunar. Depois disso, algumas sacerdotisas e guardiões do Lugar das Tumbas viajam pelo deserto, entre os povoados e as aldeias de Atuan, fazendo buscas e perguntas. Eles buscam a menininha nascida na noite da morte da Sacerdotisa.

Quando encontram essa criança, esperam e observam. A criança deve ser saudável de corpo e mente e, enquanto cresce, não pode sofrer de raquitismo nem de varíola nem de qualquer deficiência, nem ficar cega. Se chega ilesa à idade de cinco anos, sabe-se que o corpo da criança é, de fato, o novo corpo da Sacerdotisa que faleceu. E a criança é levada ao conhecimento do Deus-Rei em Awabath, trazida aqui para o Templo dela e educada por um ano. E, ao fim desse ano, ela é levada ao Salão do Trono e seu nome é devolvido àqueles que são seus Mestres, os Inominados: pois ela é a Inominada, a Sacerdotisa Sempre Renascida.

Foi isso, palavra por palavra, que Thar lhe contou, e ela nunca ousou pedir uma palavra a mais. A sacerdotisa esguia não era cruel, mas era muito fria, vivia de acordo com uma lei de ferro, e Arha a respeitava. Mas ela não tinha muito respeito por Manan, longe disso, e lhe exigia:

— Agora me conte como *eu* fui escolhida!

E ele lhe contava de novo:

— Saímos daqui, indo para noroeste, no terceiro dia de lua crescente; pois aquela que era Arha tinha morrido no terceiro dia da lua anterior. E fomos primeiro para Tenacbah, que é uma cidade grande, embora as pessoas que viram a ambas digam que, comparada a Awabath, não é mais do que uma pulga para uma vaca. Mas é grande o suficiente para mim, deve ter mil casas em Tenacbah! E seguimos para Gar. Mas ninguém naquelas cidades tinha uma menininha nascida no terceiro dia da lua do mês anterior; havia alguns meninos, mas meninos não servem... Depois, fomos para a região das colinas ao norte de Gar, para os povoados e as aldeias. Aquela é a minha terra. Nasci nas colinas de lá, onde correm os rios e a terra é verde. Não neste deserto. — A voz rouca de Manan adquiria um som estranho quando ele dizia isso, e seus olhos pequenos ficavam bem escondidos sob as pálpebras; ele fazia uma pausa e por fim, continuava: — E então encontramos todas as pessoas que tinham bebês nascidos nos últimos meses e conversamos com elas. E algumas mentiram para nós. "Ah, sim, com certeza nossa menininha nasceu no terceiro dia da lua!" Porque pessoas empobrecidas, você sabe, muitas vezes ficam felizes em se livrar de bebezinhas. E havia outras que, de tão pobres, viviam em cabanas solitárias nos vales das colinas, e não contavam os dias e mal sabiam distinguir a passagem do tempo, por isso não podiam afirmar com certeza a idade do bebê. Mas nós sempre conseguimos chegar à verdade, questionando o bastante. Porém, foi um trabalho lento. Por fim, encontramos uma menina, em uma aldeia de dez casas, nos vales dos pomares a oeste de Entat. Ela tinha oito meses, procuramos por todo esse tempo. Mas ela nasceu na noite que a Sacerdotisa das Tumbas havia morrido, e na hora exata da morte. E era um bebê lindo, sentado no colo da mãe e fitando, com olhos brilhantes, todos nós, aglomerados em um cômodo da casa como morcegos em uma caverna! O pai era um homem pobre. Cuidava das macieiras do pomar do homem rico e não tinha nada próprio, além de cinco crianças e uma cabra. Nem a casa era dele. Assim, com todos nós ali aglomerados, sabia-se dizer, pela forma como as sacerdotisas olhavam para o bebê e falavam entre si, que elas achavam ter enfim encontrado a Renascida. E a mãe também sabia. Ela segurou o bebê e nunca pronunciou uma palavra sequer. Bem, então, no dia seguinte, voltamos. E, veja só! O bebezinho de olhos brilhantes estava deitado em um berço de juncos chorando e gritando, com vergões por todo o corpo e erupções vermelhas de febre, e a mãe chorando mais alto do que o bebê: "Oh! Oh! Meu bebê está com os Dedos de Bruxa!", foi assim que ela disse; a varíola, ela queria dizer. Na minha aldeia, também chamavam de Dedos de Bruxa. Mas Kossil, que agora é a Suma Sacerdotisa do Deus-Rei, foi até o berço e pegou o bebê. Todos os outros tinham recuado, e eu fui junto: não dou muito valor à minha vida, mas quem entra em uma casa onde a varíola está? Entretanto, ela não tinha medo; ela, não. Kossil pegou o bebê e comunicou: "Não está com febre." E cuspiu no dedo e esfregou as marcas vermelhas; elas saíram. Eram apenas suco de frutinhas silvestres. A mãe, infeliz, pensou em nos enganar e ficar com a filha! — Manan ria às gargalhadas com isso; seu rosto amarelo quase não mudava, mas seus flancos balançavam. — Então, o marido bateu nela, porque tinha medo da ira das sacerdotisas. E logo voltamos ao deserto, mas, a cada ano, uma das pessoas do Lugar voltava à aldeia entre os pomares de macieiras, e via como a criança se saíra. Assim, cinco anos se passaram, então Thar e Kossil fizeram a jornada, com os guardas do Templo e soldados de capacete vermelho enviados pelo Deus-Rei para escoltá-las em segurança. Elas trouxeram a criança para cá, pois era de fato a Sacerdotisa das Tumbas, Renascida, e pertencia a este lugar. E quem era a criança, hein, pequena?

— Eu — respondeu Arha, olhando para longe como se quisesse enxergar algo que não conseguia ver, algo que desaparecera de vista.

Certa vez ela perguntou:

— O que... a mãe fez quando foram buscar a criança?

Mas Manan não sabia; ele não tinha ido com as sacerdotisas naquela viagem final.

E ela não conseguia se lembrar. De que adiantaria se lembrar? Era passado, tudo era passado. Ela veio para onde deveria vir. Em todo o mundo, ela conhecia apenas um lugar: o Lugar das Tumbas de Atuan.

Em seu primeiro ano lá, dormiu no grande dormitório com as outras noviças, meninas entre quatro e quatorze anos. Mesmo assim, Manan havia sido designado entre os Dez Guardiões como seu guardião particular, e o catre dela ficava em uma pequena alcova, parcialmente separada do quarto principal, comprido e de vigas baixas, do dormitório no Casarão, onde as meninas davam risadinhas e cochichavam antes de dormir, e bocejavam e trançavam os cabelos umas das outras à luz cinzenta da manhã. Quando seu nome lhe foi tirado e ela se tornou Arha, ela passou a dormir sozinha na Edícula, na cama e no quarto que seriam sua cama e seu quarto pelo resto da vida. Aquela casa era dela, a Casa da Sacerdotisa Una, e ninguém podia entrar sem sua permissão. Quando ainda era pequena, gostava de ouvir as pessoas baterem, submissas, à sua porta, e de dizer:

— Você pode entrar. — E se aborrecia porque as duas Sumas Sacerdotisas, Kossil e Thar, tomavam a permissão como dada e entravam sem bater.

Os dias se passaram, os anos se passaram, todos iguais. As meninas do Lugar das Tumbas passavam o tempo em aulas e treinamentos. Não jogavam nenhum jogo. Não havia tempo para jogos. Elas aprendiam as canções sagradas e as danças sagradas, as histórias das Terras Kargad e os mistérios de qualquer um dos deuses a quem eram consagradas: o Deus-Rei que governava em Awabath, ou os Irmãos Gêmeos, Atwah e Wuluah. De todas elas, apenas Arha aprendia os ritos dos Inominados, que lhe eram ensinados por uma pessoa, Thar, a Suma Sacerdotisa dos Deuses Gêmeos. Isso a afastava das outras por uma hora ou mais diariamente, mas a maior parte de seu dia, como o das outras, era gasta apenas com trabalho. Elas aprenderam a fiar e tecer a lã dos rebanhos, e a plantar, colher e preparar os alimentos que sempre comiam: lentilhas, trigo-sarraceno moído para a farinha grossa do mingau ou a farinha fina do pão ázimo, cebolas, repolhos, queijo de cabra, maçã e mel.

O melhor que podia acontecer era ter permissão para pescar no rio verde e turvo que corria pelo deserto, a noroeste, a quase um quilômetro do Lugar, levando uma maçã ou um pãozinho de trigo--sarraceno frio para o almoço e ficar o dia todo sentada sob a luz seca do sol entre os juncos, observando a água verde escorrer devagar e a mudança lenta das sombras das nuvens nas montanhas. Mas se você gritasse de animação quando a linha se esticava e sacudisse um dos peixes achatados e brilhantes para lançá-lo na margem do rio e afogá-lo no ar, então Mebbeth sibilava como uma víbora:

— Fique quieta, sua tonta esganiçada! — Mebbeth, que servia no templo do Deus-Rei, era uma mulher negra, ainda jovem, mas severa e afiada como obsidiana. A pesca era sua paixão.

Era preciso conquistar a boa vontade dela e nunca emitir som algum, ou Mebbeth não a levaria para pescar de novo; e então você nunca chegaria ao rio, exceto para buscar água no verão, quando os poços estavam baixos. Aquela era uma atividade monótona, arrastar-se sob o calor branco e abrasador ao longo de quase um quilômetro até o rio, encher os dois baldes do bastão de transporte e, em seguida, subir o mais rápido possível para o Lugar. Os primeiros cem metros eram fáceis, mas depois os baldes ficavam mais pesados, o bastão queimava seus ombros como uma barra de ferro em brasa, e a luz fuzilava os olhos na estrada seca; cada passo era mais difícil e mais lento. Por fim, você chegava à sombra fresca do pátio dos fundos do Casarão perto do canteiro de legumes e despejava os baldes na grande cisterna, respingando água. Depois, tinha de voltar e fazer tudo de novo, e de novo, e de novo.

Dentro dos limites do Lugar (esse era o único nome que ele tinha e de que necessitava, já que era o mais antigo e sagrado de todos os lugares nas Quatro Terras do Império Karginês), viviam duas centenas de pessoas e havia muitas construções: três templos, o Casarão e a Edícula; os aposentos dos guardiões eunucos e, junto à muralha, do lado externo, o quartel da Guarda e muitas cabanas de pessoas escravizadas, os depósitos e os redis para ovelhas e cabras e instalações rurais. Visto ao longe, do alto das áridas colinas do oeste, onde nada crescia além de sálvia, erva-príncipe em tufos esparsos, ervas daninhas e ervas do deserto, parecia um povoado pequeno. Mesmo de muito além das planícies orientais, olhando-se para cima, era possível avistar o telhado dourado do Templo dos Deuses Gêmeos brilhando, cintilando, abaixo das montanhas, como uma partícula de mica em uma plataforma rochosa.

Aquele templo, em si, era um cubo de pedra, rebocado de branco, com pórtico e porta rebaixados. Mais suntuoso e séculos mais novo, o Templo do Deus-Rei, pouco abaixo, tinha um pórtico alto e uma fileira de colunas brancas grossas com capitéis pintados, cada uma delas uma tora sólida de cedro, trazida de navio de Hur-at-Hur, onde havia florestas, e arrastada pelo esforço de vinte pessoas escravizadas pelas planícies estéreis do Lugar. Só depois que um turista vindo do leste tivesse visto o telhado dourado e as colunas radiantes, ele poderia ver, no alto da Colina do Lugar, acima de todas as outras, amarelada e em ruínas como o próprio deserto, o mais antigo dos templos de seu povo: o Salão do Trono, imenso, térreo, com paredes remendadas e domo achatado e deteriorado.

Atrás do Salão e em volta de toda a crista da colina havia uma gigantesca muralha de pedra, erguida sem argamassa e meio caída em muitos pontos. Por dentro do circuito da muralha, várias pedras pretas de cinco a seis metros de altura erguiam-se como dedos enormes saídos da terra. Assim que o olho os via, ficava voltando a eles. E as pedras permaneciam ali, plenas de significado, ainda que não houvesse indicação alguma sobre isso. Havia nove delas. Uma permanecia reta, as outras tinham inclinações maiores ou menores, duas haviam caído. Estavam incrustadas com líquen cinza e laranja, como se estivessem manchadas de tinta; todas, menos uma, que era nua e preta, coberta por um verniz fosco. Ela era suave ao toque, mas nas outras, sob a crosta de líquen, podiam ser vistas ou sentidas com os dedos entalhes imprecisos: formas, sinais. Essas nove pedras eram as Tumbas de Atuan. Estavam ali, dizia-se, desde a era dos primeiros homens, desde que Terramar fora criada. Foram fincadas na escuridão quando as terras emergiram das profundezas do oceano. Eram muito mais antigas do que os Deuses-Reis de Kargad, mais antigas do que os Deuses Gêmeos, mais antigas do que a luz. Eram as tumbas daqueles que governaram antes que o mundo dos homens viesse a existir, os que não tinham nome, e aquela que os servia não tinha nome.

Ela não ficava entre as tumbas com frequência, e ninguém mais punha os pés naquele chão onde estavam, no topo da colina, por dentro das muralhas de pedra, atrás do Salão do Trono. Duas vezes por ano, na lua cheia mais próxima dos equinócios da primavera e do outono, ocorria um sacrifício diante do Trono e ela saía pela porta rebaixada dos fundos do Salão carregando uma grande bacia de latão cheia de sangue fumegante de cabra, que ela devia derramar metade na base da pedra preta erguida e metade sobre uma das caídas, que jazia entranhada no solo rochoso, manchada pelas oferendas de sangue feitas por séculos.

Às vezes, Arha ia sozinha de manhã cedo e vagava entre as Pedras na tentativa de distinguir as saliências e arranhões escuros dos entalhes, mais nitidamente expostos pelo ângulo baixo da luz; ou então se sentava ali e olhava para cima, para as montanhas do oeste e para baixo, para os telhados e paredes do Lugar, todos dispostos na parte inferior, e observava os primeiros movimentos de atividade em torno do Casarão e do alojamento da guarda, e os rebanhos de ovelhas e cabras saindo para os pastos esparsos à beira do rio. Nunca havia coisa alguma para fazer entre as pedras. Ela só ia até lá porque tinha permissão para ir, porque lá ficava sozinha. Era um lugar sombrio. Mesmo no calor do meio-dia no verão do deserto havia certa frieza ali. Às vezes, o vento assobiava um pouco entre as duas pedras mais próximas, inclinadas uma para a outra, como se contassem segredos. Mas nenhum segredo era contado.

Da Muralha das Tumbas partia outra muralha rochosa, formando um semicírculo irregular em volta da Colina do Lugar e depois seguindo para o norte em direção ao rio. Não chegava a proteger o Lugar, mas o dividia em dois: de um lado os templos e as casas das sacerdotisas e dos guardiões, de outro os alojamentos de guardas e das pessoas em situação de escravidão que cultivavam a terra, pastoreavam e colhiam alimentos para o Lugar. Nenhum deles jamais atravessava a muralha, exceto em certas festas muito sagradas, quando guardas, com seus tocadores de tambores e de trompas, participavam da procissão das sacerdotisas; mas não entravam pelos portais dos templos. Nenhum outro homem punha os pés no terreno interno do Lugar. No passado, houve peregrinações, reis e chefes vindos das Quatro Terras para adoração; o primeiro Deus-Rei, um século e meio antes, veio para encenar os ritos de seu próprio templo. No entanto, nem mesmo ele pôde entrar entre as Lápides, até mesmo ele teve de comer e dormir fora da muralha em torno do Lugar.

Podia-se escalar a muralha com bastante facilidade, encaixando os dedos dos pés nas fendas. A Devorada e uma garota chamada Penthe se sentaram na muralha certa tarde, no fim da primavera. Ambas tinham doze anos. Deveriam estar na sala de tecelagem do Casarão, um enorme sótão de pedra; deveriam estar nos vastos teares, sempre urdidos com a monótona lã preta, tramando tecidos pretos para as vestes. Elas tinham escapulido para beber água no poço do pátio e, então, Arha dissera:

— Vem! — E levou a outra garota para o pé da colina, fora do campo de visão do Casarão, até a muralha. Agora, estavam sentadas ali, a três metros de altura, com as pernas descobertas penduradas para o lado de fora, observando as planícies lisas que se estendiam indefinidamente para o leste e o norte.

— Eu queria ver o mar — comentou Penthe.

— Para quê? — perguntou Arha, mastigando um caule amargo de serralha que ela havia tirado do muro. A terra estéril tinha acabado de florescer. Todas as florezinhas do deserto, amarelas, rosadas e brancas, de baixo crescimento e floração rápida, estavam produzindo sementes, espalhando pequenas plumas e guarda-sóis branco-acinzentados ao vento, soltando seus carrapichos encurvados e engenhosos. Sob as macieiras do pomar, o chão era um depósito de manchas brancas e rosadas. Os galhos estavam verdes, as únicas árvores verdes nos quilômetros do Lugar. Todo o restante, de horizonte a horizonte, era de uma cor opaca, acastanhada, desértica, exceto as montanhas que tinham coloração de prata azulada dos primeiros botões da sálvia florida.

— Ah, não sei para quê. Só queria ver uma coisa diferente. É sempre igual aqui. Não acontece nada.

— Tudo o que acontece em todos os lugares começa aqui — disse Arha.

— Ah, sei… Mas eu queria ver alguma coisa acontecendo!

Penthe sorriu. Ela era uma garota delicada e de aparência agradável. Esfregou as solas dos pés descalços nas rochas aquecidas pelo sol e, depois de determinado tempo, continuou:

— Sabe, eu vivia à beira-mar quando era pequena. Nossa aldeia ficava bem atrás das dunas e tínhamos o costume de descer e brincar na praia, às vezes. Eu me lembro de uma vez em que vimos uma frota de navios passando, se afastando, no mar. Corremos e contamos para a aldeia e todo mundo veio ver. Os navios pareciam dragões com asas vermelhas. Alguns tinham pescoços, mesmo, com cabeças de dragão. Passaram navegando por Atuan, mas não eram navios kargineses. Vinham do oeste, das Terras Centrais, explicou o chefe. Todo mundo desceu para ver. Acho que estavam com medo de que pudessem aportar. Apenas passaram, ninguém sabia para onde estavam indo. Talvez para a guerra em Karego-At. Mas pense só, eles vinham das terras de ocultistas, onde todas as pessoas têm a cor da terra e podem lançar um feitiço em você com a facilidade de um piscar de olhos.

— Em mim, não — respondeu Arha, impetuosa. — Eu não teria olhado para eles. São malditos ocultistas desprezíveis. Como se atrevem a navegar tão perto da Terra Santa?

— Ah, bem, suponho que o Deus-Rei vai conquistá-los algum dia e escravizar a todos. Mas eu gostaria de ver o mar outra vez. Era comum ter polvos pequenos nas poças de maré e, se gritasse "Bu!", eles ficavam brancos... Lá vem o velho Manan, procurando você.

O guardião e servo de Arha vinha lentamente junto ao lado interno da muralha. Ele se abaixava para colher cebolas selvagens, as quais segurava por um maço grande e frouxo, depois se endireitava e fitava em volta com os olhinhos castanhos e opacos. Ele engordou com o passar dos anos e sua pele, amarelada e sem pelos, cintilava ao sol.

— Desça, deslizando, para o lado dos homens — sussurrou Arha, e as duas garotas se contorceram, ágeis como lagartos do outro lado da muralha até que pudessem se segurar, logo abaixo do topo, invisíveis pelo lado interno. Elas ouviram os passos lentos de Manan se aproximando.

— Hu! Hu! Cara de batata! — cantarolou Arha, zombando, em um sussurro fraco como o vento entre a relva.

A passada pesada se deteve.

— Olá — chamou a voz incerta. — Pequena? Arha?

Silêncio.

Manan foi em frente.

— Hu-uu! Cara de batata!

— Huu, barriga de batata! — Penthe sussurrou, imitando, e depois gemeu, em busca de reprimir as risadinhas.

— Tem alguém aí?

Silêncio.

— Ah, ora, ora, ora — suspirou o eunuco, e seus pés lentos continuaram. Quando ele desapareceu no declive da encosta, as meninas voltaram para o topo da muralha. Penthe ficou rosada com o suor e as risadinhas, mas Arha parecia feroz.

— Velho tonto e tagarela, me seguindo por toda parte!

— Ele é obrigado — falou Penthe, em tom racional. — É o trabalho dele cuidar de você.

— Aqueles a quem sirvo cuidam de mim. Eu os agrado: não preciso agradar mais ninguém. Essas mulheres e esses meio-homens velhos, essas pessoas deveriam me deixar em paz. Eu sou a Sacerdotisa Una!

Penthe olhou para a outra garota.

— Ah — exclamou ela, em tom fraco. — Ah, eu sei que você é, Arha...

— Então, deveriam me deixar em paz. E não me dar ordens o tempo todo!

Penthe não se pronunciou por um tempo, mas suspirou, e sentou-se balançando as pernas roliças e encarando as terras vastas e pálidas adiante, que se erguiam bem lentamente até um horizonte alto, vago e imenso.

— Você vai dar as ordens muito em breve, sabe — pontuou ela por fim, em voz baixa. — Daqui a mais dois anos não seremos mais crianças. Teremos quatorze anos. Vou entrar no templo do Deus-Rei e as coisas serão mais ou menos as mesmas para mim. Mas aí você realmente será a Suma Sacerdotisa. Até Kossil e Thar terão de obedecer a você.

A Devorada não respondeu. Seu rosto estava imóvel, seus olhos, sob sobrancelhas pretas, captavam a luz do céu em um brilho pálido.

— Devemos voltar — disse Penthe.

— Não.

— Mas a mestra tecelã pode contar a Thar. E logo será a hora dos Nove Cantos.

— Vou ficar aqui. Você também fica.

— Eles não vão castigar você, mas vão me castigar — asseverou Penthe de seu jeito moderado. Arha não respondeu. Penthe suspirou e ficou. O sol afundava em neblina bem acima das planícies. Ao longe, na extensa e gradual inclinação da terra, os sinos das ovelhas ressoavam baixinho e os cordeiros baliam. O vento da primavera soprava em rajadas secas e fracas, de aroma adocicado.

Os Nove Cantos estavam quase no fim quando as duas garotas voltaram. Mebbeth as tinha visto sentadas na "Muralha dos Homens" e relatou aquilo à sua superiora, Kossil, Suma Sacerdotisa do Deus-Rei.

Kossil tinha o andar pesado, o rosto pesado. Sem expressão no rosto ou na voz, ela falou com as duas meninas, orientando que a seguissem. Conduziu-as pelos corredores de pedra do Casarão, saindo pela porta da frente, subindo a pequena elevação até o Templo de Atwah e Wuluah. Lá, conversou com a Suma Sacerdotisa do templo, Thar, alta, seca e esguia como o osso da perna de um cervo.

Kossil disse a Penthe:

— Tire seu vestido.

Ela chicoteou a garota com um feixe de cana-do-reino, que cortavam um pouco a pele. Penthe suportou aquilo com paciência e lágrimas silenciosas. Ela foi mandada de volta para a tecelagem sem jantar e, no dia seguinte, também ficaria sem comida.

— Se encontrarem você escalando a Muralha dos Homens outra vez — declarou Kossil —, coisas muito piores do que esta acontecerão com você. Entendeu, Penthe? — A voz de Kossil era suave, mas não gentil.

Penthe disse:

— Sim. — E escapuliu, encolhendo-se, contraindo-se, enquanto as roupas pesadas raspavam os cortes em suas costas.

Arha ficara ao lado de Thar a fim de observar as chicotadas. Agora, assistia a Kossil limpar as hastes do chicote.

Thar disse-lhe:

— Não é apropriado que você seja vista escalando e correndo com outras garotas. Você é Arha.

A menina ficou mal-humorada e não respondeu.

— É melhor que você faça apenas o que lhe é necessário fazer. Você é Arha.

Por um instante, a garota ergueu os olhos para o rosto de Thar, depois para o de Kossil, e havia uma profundidade de ódio ou raiva em seu olhar que era terrível de se ver. Mas a sacerdotisa esguia não mostrou preocupação; pelo contrário, ela reafirmou, inclinando-se um pouco para a frente e quase sussurrando:

— *Você é Arha*. Não sobrou nada. Tudo foi devorado.

— Tudo foi devorado — repetiu a garota, como repetia diariamente, todos os dias de sua vida, desde os seis anos.

Thar fez uma ligeira reverência com a cabeça; Kossil fez o mesmo enquanto guardava o chicote. A garota não se curvou, entretanto virou-se de modo submisso e saiu.

Depois do jantar de batatas e cebolinhas, ingerido em silêncio no refeitório estreito e escuro, após o canto dos hinos vespertinos, da colocação das palavras sagradas sobre as portas, e do breve Ritual do Não Dito, o trabalho do dia estava concluído. Agora, as meninas podiam ir para o dormitório e jogar dados e varetas, enquanto a única candeia de junco queimava, e depois cochichar na escuridão, de cama a cama. Arha atravessou os pátios e encostas do Lugar, como fazia todas as noites, até a Edícula onde dormia sozinha.

O vento da noite era doce. As estrelas da primavera reluziam densas como tufos de margaridas nos prados primaveris, como o brilho da luz no mar de abril. Mas a menina não tinha lembranças dos prados ou do mar. Ela não olhou para cima.

— Olá, pequena!

— Manan — disse ela com indiferença.

A grande sombra se arrastou ao lado dela, a luz das estrelas cintilava na cabeça calva dele.

— Você foi castigada?

— Não posso ser castigada.

— Não... É mesmo...

— Não conseguem me castigar. Não ousam.

Ele ficou parado com as mãos enormes caídas, frouxas e volumosas. Ela sentiu o odor de cebola selvagem, e o cheiro de suor e sálvia das vestes pretas e velhas dele, que estavam esgarçadas na bainha e eram muito curtas para ele.

— Não podem encostar em mim. Eu sou Arha — afirmou ela com voz estridente, impetuosa, e irrompeu em lágrimas.

As grandes mãos, a postos, puxaram-na para perto, abraçaram-na com delicadeza, acariciando o cabelo trançado.

— Passou, passou. Favinho de mel, garotinha... — Ela ouviu o murmúrio rouco na cavidade profunda do peito dele e se agarrou a Manan. As lágrimas pararam logo, mas a menina o abraçou como se ela não conseguisse ficar em pé.

— Pequena indefesa — sussurrou ele e, erguendo a criança, levou-a até a porta da casa onde ela dormia sozinha. Colocou-a no chão.

— Tudo bem agora, pequena?

Ela assentiu, virou-se de costas para ele e entrou na casa escura.

CAPÍTULO 3
PRISIONEIROS

Os passos de Kossil ressoaram pelo corredor da Edícula, serenos e deliberados. A silhueta alta e pesada preencheu a abertura da porta, contraiu-se no momento que a sacerdotisa fez uma reverência, encostando um dos joelhos no chão, e cresceu quando ela se levantou, assumindo toda a sua altura.

— Senhora.

— O que é, Kossil?

— Tive, até agora, permissão para cuidar de certos assuntos referentes ao Domínio dos Inominados. Se a senhora assim o desejar, chegou a hora de aprender, observar e assumir a responsabilidade por tais assuntos, dos quais a senhora ainda não se lembrou nesta vida.

A garota estava sentada em seu quarto sem janelas, supostamente meditando, porém, na verdade, não estava fazendo coisa alguma e não pensava em quase nada. Levou algum tempo para que a expressão fixa, arrogante e hostil de seu rosto mudasse. Mas mudou, embora ela tentasse escondê-lo. Ela disse, com certa dissimulação:

— O Labirinto?

— Não vamos entrar no Labirinto. Mas será necessário atravessar a Catacumba.

Havia um tom na voz de Kossil que talvez fosse medo, ou talvez um pretenso medo, com a intenção de assustar Arha. A garota se pôs de pé, sem pressa, e disse, com indiferença:

— Muito bem.

Mas em seu coração, conforme seguia a pesada figura da sacerdotisa do Deus-Rei, ela exultava: *Até que enfim! Até que enfim! Vou ver meu domínio, até que enfim!*

Ela estava com quinze anos. Fazia um ano que tinha feito a passagem para a condição de mulher adulta e, ao mesmo tempo, assumido plenamente os poderes como Sacerdotisa Una das Tumbas de Atuan, a mais elevada das sumas sacerdotisas das Terras Kargad, a única a quem nem mesmo o Deus-Rei poderia dar ordens. Agora, todos a reverenciavam de joelhos, até mesmo as implacáveis Thar e Kossil. Todos se dirigiam a ela com deferência elaborada. Contudo, nada mudou. Nada aconteceu. Depois que as cerimônias de consagração terminaram, os dias continuaram a passar como sempre. Havia lã para ser fiada, tecido preto para ser urdido, alimentos para serem moídos, ritos para serem realizados; os Nove Cantos precisavam ser cantados todas as noites; as passagens das portas, abençoadas; as Pedras alimentadas duas vezes por ano com sangue de bode; as danças da lua minguante executadas diante do Trono Vazio. E assim o ano todo passou, exatamente do mesmo jeito que os anteriores haviam passado; será que todos os anos da vida dela passariam assim?

O tédio tornou-se tão intenso que, às vezes, ela o sentia como terror: a pegava pela garganta. Não havia muito tempo, ela fora levada a falar sobre isso. Tinha de falar, pensou, ou enlouqueceria. Foi com Manan que conversou. O orgulho a impedia de se confidenciar com as outras garotas e a precaução a impedia de se confessar com as mulheres mais velhas, mas Manan não era nada, só um velho tagarela e fiel; o que ela lhe dizia não importava. Para sua surpresa, ele tinha uma resposta para dar:

— Sabe, pequena, muito tempo atrás — contou ele —, antes de as quatro terras se unirem em um império, antes que houvesse um Deus-Rei acima de todos nós, havia muitos reis, príncipes, chefes de menor importância. Estavam sempre em disputa uns com os outros. E vinham aqui para resolver suas disputas. Era assim: eles vinham de nossa própria terra, Atuan, de Karego-At, de Atnini, e até mesmo de Hur-at-Hur, todos os chefes e príncipes com seus serviçais e exércitos. E perguntavam a você o que fazer. E você ia diante do Trono Vazio e lhes dava o conselho dos Inominados. Bem, isso foi muito tempo atrás. Depois de um tempo, os Sacerdotes-Reis passaram a governar toda a Karego-At e logo estavam governando Atuan; e agora, por quatro ou cinco gerações de homens, os Deuses-Reis têm governado todas as quatro terras juntas, e feito delas um império. Por isso as coisas mudaram. O Deus-Rei pode depor chefes insubordinados e resolver sozinho todas as disputas. E, sendo um deus, você sabe, ele não precisa consultar os Inominados com muita frequência.

Arha parou para refletir. O tempo não significava muito ali na terra deserta, sob as Pedras imutáveis, onde se levava uma vida que era levada da mesma maneira desde o início do mundo. Ela não estava acostumada a pensar nas coisas se transformando, em velhas práticas morrendo e novas emergindo. Ela não considerava reconfortante ver as questões sob esse prisma.

— Os poderes do Deus-Rei são muito menores do que os poderes dos Inominados a quem sirvo — observou ela, franzindo a testa.

— Com certeza… Com certeza… Mas não se diz isso a um deus, favinho de mel. Nem à sacerdotisa dele.

E vislumbrando o olho pequeno, castanho e cintilante de Manan, ela pensou em Kossil, Suma Sacerdotisa do Deus-Rei, a quem ela temia desde que chegara ao Lugar; e compreendeu o que ele quis dizer.

— Mas o Deus-Rei e seu povo estão negligenciando a adoração das Tumbas. Ninguém vem aqui.

— Bem, ele envia prisioneiros para sacrifício. Não negligencia isso. Nem as oferendas devidas aos Inominados.

— Oferendas! O templo dele ganha pintura nova todos os anos, há cem quilos de ouro no altar, as lamparinas queimam óleo de pétalas de rosas! E veja o Salão do Trono: buracos no telhado e o domo rachado, paredes cheias de camundongos, corujas e morcegos… Mas, mesmo assim, durará mais do que o Deus-Rei e todos os seus templos, e todos os reis que vierem depois dele. Estava lá antes deles e, quando todos se forem, ainda estará lá. É o centro das coisas.

— É o centro das coisas.

— Há riquezas ali; Thar me fala sobre elas, às vezes. O suficiente para encher dez vezes o templo do Deus-Rei. Ouro e troféus dados há séculos, há cem gerações, sabe-se lá há quanto tempo. Está tudo seguro em fossos e criptas, no subsolo. Mas elas ainda não querem me levar até lá, me deixam esperando e esperando. No entanto, sei como é. Há salas embaixo do Salão, embaixo de todo o Lugar, embaixo de onde estamos agora. Há um grande dédalo de túneis, um Labirinto. É como uma cidade ampla e escura, sob a colina. Cheia de ouro e espadas de velhos heróis, e velhas coroas, e ossos, e anos, e silêncio.

Ela falou como se estivesse em transe, em êxtase. Manan a observou. O rosto liso dele nunca expressava muito mais do que uma tristeza impassível e cautelosa; e estava mais triste do que o normal no momento.

— Bem, e você é a senhora de tudo isso — afirmou ele. — Do silêncio e da escuridão.

— Sou. Mas elas não querem me mostrar nada, apenas as salas acima do solo, atrás do Trono. Nem me mostraram as entradas dos lugares subterrâneos; apenas murmuram a respeito, às vezes. Estão escondendo de mim meu próprio domínio! Por que me fazem esperar e esperar?

— Você é jovem. E talvez — Manan arriscou em seu tom rouco de contratenor —, talvez elas estejam com medo, pequena. Afinal de contas, o domínio não é delas. É seu. Elas ficam em perigo quando entram lá. Não há mortal que não tema os Inominados.

Arha não se manifestou, mas seus olhos brilharam. Mais uma vez, Manan lhe mostrara uma maneira nova de ver as coisas. Thar e Kossil sempre pareceram tão descomunais, tão frias, tão fortes que ela nunca imaginou que sentissem medo. No entanto, Manan estava certo. Ambas temiam aqueles lugares, aqueles poderes dos quais Arha fazia parte, aos quais ela pertencia. Tinham medo de entrar nos refúgios sombrios e serem devoradas.

Agora, enquanto descia os degraus da Edícula com Kossil, e subia a trilha íngreme e sinuosa em direção ao Salão do Trono, ela se lembrou daquela conversa com Manan e exultou novamente. Não importa para onde a levassem, o que lhe mostrassem, ela não teria medo. Ela saberia o que fazer.

Um pouco atrás dela na trilha, Kossil falou.

— Um dos deveres de minha senhora, como ela sabe, é o sacrifício de certos prisioneiros, criminosos de origem nobre, que por sacrilégio ou traição pecaram contra nosso senhor, o Deus-Rei.

— Ou contra os Inominados — acrescentou Arha.

— Exatamente. Bem, não é apropriado que a Devorada, ainda criança, assuma tal dever. Mas minha senhora não é mais uma criança. Há prisioneiros na Sala das Correntes, enviados há um mês pela graça de nosso senhor, o Deus-Rei, de sua cidade Awabath.

— Eu não fiquei sabendo que chegaram prisioneiros. Por que não?

— Os prisioneiros são trazidos à noite, e em segredo, da maneira prescrita antigamente nos rituais das Tumbas. É o caminho secreto que minha senhora seguirá, se ela percorrer a trilha que acompanha a muralha.

Arha desviou da trilha para seguir a grande muralha de pedra que confinava as Tumbas atrás do salão abobadado. As rochas com que fora construída eram enormes; a menor delas pesava mais do que um homem, e as maiores eram grandes como carroças. Embora disformes, foram cuidadosamente ajustadas e entrelaçadas. Porém, em certos pontos, a altura da muralha havia desmoronado e as rochas jaziam em pilhas amorfas. Apenas um período muito longo de tempo poderia fazer aquilo, os séculos de dias flamejantes e noites congeladas do deserto, os movimentos milenares e imperceptíveis das próprias colinas.

— É muito fácil escalar a Muralha das Tumbas — disse Arha enquanto a ladeavam.

— Não temos homens suficientes para reconstruí-la — respondeu Kossil.

— Temos homens suficientes para vigiá-la.

— Só gente em situação de escravidão. Não se pode confiar neles.

— Pode-se confiar neles, se estiverem com medo. Se a punição para eles for a mesma do estranho a quem eles permitirem colocar os pés na terra sagrada no interior da muralha.

— Que pena é essa? — Kossil não perguntava para saber a resposta. Ela tinha ensinado a resposta a Arha, há muito tempo.

— Ser decapitado diante do Trono.

— É vontade de minha senhora que um guarda seja posicionado na Muralha das Tumbas?

— É — respondeu a garota. Por dentro de suas longas mangas pretas, seus dedos se apertaram de euforia. Ela sabia que Kossil não queria reservar uma pessoa escravizada para a tarefa de vigiar a muralha e, de fato, era uma tarefa inútil, pois que estranhos viriam até ali? Era improvável que qualquer homem vagasse, por acaso ou intencionalmente, em um raio de dois quilômetros do Lugar sem ser visto; ele por certo sequer se aproximaria das Tumbas. Contudo, um guarda era uma honra que se devia a elas e Kossil não podia se opor a isso. Tinha de obedecer a Arha.

— Aqui — disse a voz fria dela.

Arha parou. Ela já tinha percorrido muitas vezes aquela trilha ao redor da Muralha da Tumba e a conhecia assim como conhecia cada palmo do Lugar, cada rocha, espinheiro e cardo. À esquerda, a grande muralha de rochas tinha três vezes a altura da garota; à direita, a colina se distanciava em declive até o vale raso e árido, que logo se erguia novamente em direção ao sopé da cadeia montanhosa do oeste. Ela olhou para todo o terreno à sua volta e não vislumbrou nada que não tivesse visto antes.

— Sob as rochas vermelhas, senhora.

Alguns metros ladeira abaixo, um afloramento de lava vermelha formava um degrau ou um pequeno penhasco na colina. Ao descê-lo, ficando de frente para as rochas, Arha percebeu que elas pareciam uma porta rudimentar, com um metro e vinte de altura.

— O que deve ser feito?

Ela havia aprendido há muito tempo que nos lugares sagrados não adianta tentar abrir uma porta sem saber como a porta é aberta.

— Minha senhora tem todas as chaves para os refúgios sombrios.

Desde os ritos de entrada na vida adulta, Arha usava no cinto uma argola de ferro da qual pendiam uma pequena adaga e treze chaves, algumas longas e pesadas, outras pequenas como anzóis. Ela ergueu a argola e espalhou as chaves.

— Essa — explicou Kossil, apontando; em seguida, colocou seu grosso dedo indicador em uma fenda entre duas superfícies de rochas vermelhas, côncavas.

A chave, uma longa haste de ferro com duas seções ornamentadas, entrou na fenda. Arha virou-a para a esquerda, usando as duas mãos, pois era difícil movê-la; mesmo assim, a chave virou suavemente.

— Agora?

— Juntas…

Juntas, ambas empurraram a superfície áspera de rocha à esquerda do buraco da fechadura. Em um movimento pesado, mas sem se deter e com muito pouco ruído, uma seção irregular da rocha vermelha se deslocou para dentro até abrir uma brecha estreita. Lá dentro estava um breu.

Arha se agachou e entrou.

Kossil, uma mulher pesada e pesadamente vestida, teve de se espremer pela abertura estreita. Assim que entrou, encostou-se à porta e, esforçando-se, empurrou-a para fechá-la.

Estava completamente escuro. Não havia luz. A escuridão parecia feltro molhado pressionando os olhos abertos.

As duas se agacharam, praticamente se dobraram, pois o lugar não tinha sequer um metro e vinte de altura e era tão estreito que as mãos tateantes de Arha tocavam a rocha úmida à direita e à esquerda ao mesmo tempo.

— Você trouxe uma vela?

Ela sussurrava, como se faz no escuro.

— Não trouxe vela — respondeu Kossil, atrás da garota. A voz de Kossil também era baixa, mas tinha um som estranho, como se estivesse sorrindo. Ela nunca sorria. O coração de Arha disparou; o sangue latejava em sua garganta. Com coragem, disse a si mesma: *Este é o meu lugar, pertenço a ele, não terei medo!*

Ela não falou nada em voz alta. Avançou; só havia uma direção a seguir, que levava para o interior da colina, e para baixo.

Kossil a seguiu, arfando, com as roupas esbarrando e se desgastando na rocha e na terra.

De repente, o teto se ergueu: Arha conseguia ficar em pé e, estendendo as mãos, não sentia parede alguma. O ar, antes opressivo e com cheiro de terra, tocava-lhe o rosto com uma umidade mais fria e, em movimentos sutis, transmitia a sensação de um espaço grande. Arha esboçou passos cautelosos à frente na escuridão total. Deslizando sob pé dela, calçado em uma sandália, um seixo atingiu outro e o ruído insignificante despertou ecos, muitos ecos, ínfimos, distantes, cada vez mais distantes. A caverna devia ser imensa, alta e larga, mas não vazia: algo na escuridão, superfícies de objetos ou divisões invisíveis, partiu o eco em mil fragmentos.

— Aqui, devemos estar embaixo das Pedras — ponderou a garota, sussurrando, e o sussurro se desfez na escuridão oca e se esgarçou em fios sonoros tão finos quanto teias de aranha, agarrando-se aos ouvidos por um longo tempo.

— Sim. Esta é a Catacumba. Continue. Não posso ficar aqui. Siga a parede à esquerda. Passe três aberturas.

O sussurro de Kossil ressoou (e os ínfimos ecos ressoaram depois dele). Ela estava com medo, estava realmente com medo. Não gostava de ficar ali entre os Inominados, em suas tumbas, em suas cavernas, na escuridão. Não era o seu lugar, ela não pertencia àquele espaço.

— Voltarei com uma tocha — anunciou Arha, orientando-se pela parede da caverna com o toque dos dedos, imaginando as formas estranhas da pedra, as reentrâncias e protuberâncias, as curvas e arestas sutis, aqui, ásperas como renda, lá, lisas como latão: era, certamente, um trabalho entalhado. Quem sabe toda a caverna fosse obra de escultores dos tempos antigos?

— Aqui, a luz é proibida. — O sussurro de Kossil foi agudo. No momento que ela falou, Arha soube que era assim que devia ser. Aquele era o lar absoluto da escuridão, o centro mais profundo da noite.

Por três vezes, os dedos dela passaram por uma brecha na escuridão complexa, rochosa. Na quarta vez, sentiu a altura e o comprimento da lacuna e entrou nela. Kossil veio atrás.

Naquele túnel, que se elevava com uma inclinação sutil, elas passaram por uma abertura à esquerda, e depois, em uma ramificação do caminho, pegaram a direita: apenas pelo toque, pelo tato, na treva do subsolo e no silêncio do interior da terra. Em uma passagem como aquela, deve-se estender a mão quase constantemente para tocar os dois lados do túnel, para que nenhuma das aberturas, que precisam ser contadas, seja perdida ou uma ramificação do caminho passe despercebida. O toque era a única orientação que se tinha; não se podia enxergar o caminho, apenas segurá-lo nas mãos.

— Este é o Labirinto?

— Não. Este é o dédalo menor, que fica embaixo do Trono.

— Onde fica a entrada do Labirinto?

Arha gostava daquele jogo no escuro, ela queria que um quebra-cabeça maior lhe fosse apresentado.

— Passamos pela segunda abertura da Catacumba. Tateie em busca de uma porta à direita agora, uma porta de madeira, talvez já tenhamos passado por ela...

Arha ouviu as mãos de Kossil tateando, inquietas, pela parede, arranhando a rocha áspera. Ela manteve a ponta dos dedos tocando levemente a pedra e logo sentiu sob eles o veio suave da madeira. Empurrou e a porta se abriu com facilidade. Ela ficou parada por um instante, ofuscada pela luz.

Ambas entraram em uma grande sala de teto baixo e paredes de alvenaria iluminada por uma tocha fumegante que pendia de uma corrente. O lugar estava carregado com a fumaça da tocha que não tinha por onde sair. Os olhos de Arha ardiam e lacrimejavam.

— Onde estão os prisioneiros?

— Ali.

Por fim, ela percebeu que os três amontoados de alguma coisa que estavam do outro lado da sala eram homens.

— A porta não está trancada. Não há guarda?

— Nada disso é necessário.

Ela avançou um pouco mais rumo ao interior da sala, hesitando, espiando através da névoa esfumaçada. Os prisioneiros estavam agrilhoados pelos dois tornozelos e um dos pulsos a grandes aros cravados na rocha da parede. Se um deles quisesse se deitar, seu braço acorrentado teria de permanecer erguido, pendendo do grilhão. Os cabelos e barbas deles formavam um emaranhado que, junto às sombras, escondia os rostos. Um dos homens estava quase deitado, os outros dois, sentados ou agachados. Estavam nus e exalavam um fedor ainda mais forte do que o mal cheiro da fumaça.

Um deles parecia observar Arha; ela pensou ter visto o brilho de seus olhos, mas não teve certeza. Os outros não se mexeram nem levantaram a cabeça.

Ela se virou.

— Eles não são mais homens — comentou ela.

— Nunca foram homens. Eram demônios, espíritos de feras, que conspiraram contra a vida sagrada do Deus-Rei! — Os olhos de Kossil cintilavam à luz avermelhada da tocha.

Arha olhou novamente para os prisioneiros, maravilhada e curiosa.

— Como pode um homem atacar um deus? Como foi isso? Você: como ousou atacar um deus vivo?

O homem olhou para ela através do emaranhado de cabelos, mas não respondeu.

— As línguas deles foram cortadas antes que fossem enviados de Awabath — explicou Kossil. — Não fale com eles, senhora. Eles são a degradação. São seus, mas não para conversar nem para olhar ou pensar. Eles são seus para serem entregues aos Inominados.

— Como devem ser sacrificados?

Arha não olhou mais para os prisioneiros. Em vez disso, encarou Kossil, extraindo força do corpo sólido, da voz fria. Sentiu-se zonza e o fedor de fumaça e sujeira a nauseou, embora ela parecesse pensar e falar com perfeita calma. Ela já não tinha feito aquilo muitas vezes antes?

— A Sacerdotisa das Tumbas sabe melhor qual tipo de morte agradará a seus Mestres, e cabe a ela escolher. Existem muitas maneiras.

— Que Gobar, o capitão dos guardas, corte as cabeças deles. E o sangue será derramado diante do Trono.

— Como se fosse um sacrifício de bodes? — Kossil parecia zombar da falta de imaginação da garota, que ficou calada. Kossil continuou: — Além disso, Gobar é um homem. Nenhum homem pode entrar nos Refúgios Sombrios das Tumbas, com certeza minha senhora se lembra disso, não? Se entrar, ele não sai...

— Quem os trouxe aqui? Quem os alimenta?

— Os guardiões que servem a meu templo, Duby e Uahto; são eunucos e podem entrar aqui a serviço dos Inominados, assim como eu posso. Os soldados do Deus-Rei deixaram os prisioneiros amarrados do lado externo da muralha, e eu e os guardiões os trouxemos pela Porta do Prisioneiro, a porta nas rochas vermelhas. Assim se faz sempre. A comida e a água são baixadas por um alçapão em uma das salas atrás do Trono.

Arha olhou para cima e notou, ao lado da corrente da qual pendia a tocha, um quadrado de madeira situado no teto de pedra. Era muito pequeno para um homem passar, mas uma corda que descesse por ali estaria ao alcance do prisioneiro do meio. Ela desviou o olhar depressa.

— Então, que não tragam mais comida nem água. E deixem a tocha se apagar.

Kossil fez uma reverência.

— E quanto aos corpos, quando morrerem?

— Que Duby e Uahto os enterrem na grande caverna pela qual passamos, a Catacumba — a garota determinou, sua voz ficando mais apressada e aguda. — Eles devem fazer isso no escuro. Meus Mestres vão devorar os corpos.

— Assim será feito.

— Assim está bem, Kossil?

— Está bem, senhora.

— Então, vamos — chamou Arha, em tom muito estridente. Ela se virou e correu de volta para a porta de madeira, saindo da Sala das Correntes rumo à escuridão do túnel. O escuro parecia doce e pacífico tal qual uma noite sem estrelas, silencioso, sem paisagem, luz ou vida. Arha mergulhou na escuridão límpida e avançou por ela como um nadador na água. Kossil apressou-se em segui-la, ficando cada vez mais para trás, ofegando, movendo-se pesadamente. Sem hesitar, Arha repetiu os desvios feitos e ignorados da mesma forma como tinham vindo, contornou a vasta Catacumba cheia de ecos e rastejou, agachada, pelo extenso túnel final até a porta de rocha fechada. Lá, ela se acocorou e tateou em busca da longa chave na argola em sua cintura. Ela a encontrou, mas não conseguiu localizar o buraco da fechadura. Não havia qualquer ponto de luz na parede invisível diante de si. Seus dedos tateavam em busca da fechadura, ferrolho ou maçaneta e não encontravam nada. Onde a chave deveria entrar? Como ela poderia sair?

— Senhora!

A voz de Kossil, ampliada por ecos, zuniu e rugiu atrás dela, distante.

— Senhora, a porta não vai abrir por dentro. Não há escapatória. Não há retorno.

Arha agachou-se junto à rocha. Não disse nada.

— Arha!

— Estou aqui.

— Venha!

Ela foi, rastejando sobre as mãos e os joelhos pela passagem, como um cachorro, até as saias de Kossil.

— Para a direita. Corra! Não devo ficar aqui. Não é o meu lugar. Venha atrás de mim.

Arha se levantou e segurou as vestes de Kossil. Elas avançaram, seguindo a parede estranhamente entalhada da caverna à direita por um longo caminho, entrando, em seguida, por uma fenda preta na escuridão. Depois subiram por túneis, por escadas. A garota ainda se agarrava às vestes da mulher. Seus olhos estavam fechados.

Surgiu uma luz, vermelha, através de suas pálpebras. Ela pensou que era a sala iluminada por tochas cheia de fumaça novamente, e não abriu os olhos. Mas o ar tinha um cheiro adocicado, seco e empoeirado, um cheiro familiar; e seus pés estavam em degraus íngremes, quase como uma escada. Ela soltou as vestes de Kossil e olhou. Um alçapão estava escancarado sobre sua cabeça. Ela se arrastou pela abertura atrás de Kossil. O alçapão a levou para dentro de uma sala que ela conhecia, uma pequena cela de pedra contendo baús e caixas de ferro, no emaranhado de salas atrás do Salão do

Trono. A luz do dia brilhava, cinzenta e tênue, no corredor do lado externo da porta.

— A outra, a Porta do Prisioneiro, leva apenas aos túneis. Não leva para fora. Esta é a única saída. Se existe algum outro caminho, não conheço, nem Thar. Se houver, você precisa se lembrar dele sozinha. Mas acho que não existe. — Kossil ainda falava em voz baixa e com uma espécie de perversidade. Seu rosto pesado dentro do capuz preto estava pálido e úmido de suor.

— Não me lembro dos desvios para esta saída.

— Vou explicá-los a você. Uma vez. Você deve se lembrar deles. Na próxima, não virei com você. Este não é meu lugar. Você deve vir sozinha.

A garota assentiu. Fitou o rosto da mulher mais velha e pensou em como parecia estranho, pálido do medo quase não dominado e, ainda assim, triunfante, como se Kossil tripudiasse da fraqueza dela.

— Virei sozinha depois disso — afirmou Arha e, então, na tentativa de se afastar de Kossil, sentiu as pernas cederem e viu a sala girar. Desmaiou, formando um pequeno amontoado preto aos pés da sacerdotisa.

— Você vai aprender — disse Kossil, imóvel, ainda com a respiração pesada. — Você vai aprender.

CAPÍTULO 4
SONHOS E HISTÓRIAS

Arha não ficou nada bem durante muitos dias. Trataram-na de uma febre. Ela ficava na cama ou sentava-se no alpendre da Edícula, à luz tênue do outono, e observava as colinas a oeste. Sentia-se fraca e tola. As mesmas ideias lhe ocorriam repetidamente. Ela tinha vergonha de ter desmaiado. Nenhum guarda havia sido designado para a Muralha das Tumbas, mas agora ela nunca ousaria questionar Kossil a esse respeito. Ela não queria ver Kossil: nunca. Porque tinha vergonha de ter desmaiado.

Muitas vezes, à luz do sol, planejou como iria se comportar da próxima vez que fosse aos Refúgios Sombrios sob a colina. Pensou muitas vezes sobre o tipo de morte que deveria impor ao próximo grupo de prisioneiros: algo mais elaborado, mais adequado aos rituais do Trono Vazio.

Acordava todas as noites gritando no escuro:

— Eles ainda não estão mortos! Ainda estão morrendo!

A garota sonhava muito. Sonhou que tinha de cozinhar grandes caldeirões cheios de mingau salgado e despejar tudo em um buraco no chão. Sonhou que tinha de carregar uma tigela cheia de água, uma tigela funda de latão, no escuro, para alguém com sede. Mas nunca conseguia chegar a essa pessoa. Acordou, e ela mesma estava com sede, mas não foi pegar algo para beber. Ficou acordada, de olhos abertos, no quarto sem janelas.

Certa manhã, Penthe foi vê-la. Do alpendre, Arha a viu aproximar-se da Edícula com um ar descuidado e sem propósito, como se estivesse casualmente perambulando por ali. Se Arha não tivesse se manifestado, ela não teria subido os degraus. Mas Arha estava solitária e se manifestou.

Penthe fez a profunda reverência exigida de todos os que se aproximavam da Sacerdotisa das Tumbas, e então deixou-se cair nos degraus abaixo de Arha e fez um ruído, algo como "Fuuu!". Ela tinha se tornado bem alta e robusta; qualquer coisa que fizesse a deixava com uma cor rosa-cereja, e ela estava rosada agora de tanto andar.

— Ouvi dizer que você estava doente. Guardei umas maçãs para você. — De repente, ela exibiu uma rede de junco, tirada de algum lugar sob as vestes volumosas, contendo seis ou oito maçãs de um amarelo perfeito. Agora ela era consagrada ao serviço do Deus-Rei e a cujo templo se dedicava, sob supervisão de Kossil; mas ainda não era uma sacerdotisa e ainda fazia lições e tarefas com as noviças. — Este ano, Poppe e eu separamos as maçãs e guardei as melhores. Elas sempre desidratam todas as que são boas de verdade. É claro, elas se conservam melhor, mas parece um desperdício. Não são lindas?

Arha sentiu as pálidas cascas de cetim dourado das maçãs, olhou para os raminhos aos quais as folhas marrons ainda se agarravam delicadamente.

— São lindas.

— Coma uma delas — incentivou Penthe.

— Agora não. Coma você.

Penthe escolheu a menor, por educação, e a comeu em cerca de dez mordidas suculentas, ligeiras e empolgadas.

— Eu poderia comer o dia todo — comentou ela. — Nunca fico satisfeita. Gostaria de ser cozinheira em vez de sacerdotisa. Cozinharia melhor do que aquela velha rabugenta da Nathabba e, além disso, lamberia as panelas... Ah, você ficou sabendo de Munith? Ela devia polir aqueles vasos de latão onde guardam o óleo de rosas, sabe, jarros compridos e finos com tampas. E pensou que deveria limpar a parte de dentro também, então enfiou a mão lá dentro, com um pano em volta, sabe, e depois não conseguiu tirar. Ela se esforçou tanto que ficou toda estufada e com o pulso inchado, sabe, aí *ficou* presa mesmo. E saiu pulando por todos os dormitórios gritando: "Não consigo tirar! Não consigo tirar!". E Punti está tão surdo agora que pensou que fosse um incêndio e começou a gritar para os outros guardiões virem socorrer as noviças. Uahto, que estava ordenhando, saiu às pressas do redil para ver qual era o problema, e deixou o portão aberto. Todas as cabras leiteiras saíram e vieram correndo para o pátio, trombaram com Punti, os guardiões e as garotinhas, e Munith, balançando o vaso de bronze na ponta do braço e tendo ataques de histeria. Estava todo mundo na correria lá embaixo quando Kossil desceu do templo. Ela questionou: "O que foi? O que foi?".

O rosto claro e redondo de Penthe adquiriu um ar de desprezo, nada parecido com a expressão fria de Kossil, mas, ao mesmo tempo, lembrava tanto Kossil que Arha soltou um urro, em uma risada quase aterrorizada.

— "O que foi? O que foi?", Kossil disse. E então a cabra marrom *deu uma chifrada* nela. — Penthe se desmanchou em uma gargalhada, com lágrimas brotando dos olhos. — E M-Munith bateu na… na cabra com o v-v-vaso…

As duas garotas balançaram para a frente e para trás com espasmos de riso, abraçando os joelhos, sufocando.

— E Kossil se virou e disse: "O que foi? O que foi?" para a… para a… para a cabra… — O fim da história se perdeu na gargalhada. Então, Penthe enxugou os olhos e o nariz e, distraída, pôs-se a comer outra maçã.

A gargalhada tão forte fez Arha se sentir um pouco trêmula. Ela se acalmou e, depois de determinado tempo, perguntou:

— Como você veio parar aqui, Penthe?

— Ah, eu era a sexta filha que minha mãe e meu pai tiveram, e não podiam criar tantas e casar todas elas. Então, quando completei sete anos, me levaram ao templo do Deus-Rei e me consagraram a ele. Isso foi em Ossawa. Tinha muitas noviças lá, acho, porque logo depois me mandaram para cá. Ou talvez achassem que eu seria uma boa sacerdotisa ou algo assim. Mas erraram. — Penthe mordeu a maçã com uma expressão divertida, mas triste.

— Você teria preferido não ser sacerdotisa?

— E como teria! É claro! Teria preferido me casar com um tratador de porcos e morar em um buraco. Teria preferido qualquer coisa a ser enterrada viva aqui, por todos os dias da minha vida, em uma confusão de mulheres em um maldito deserto onde não aparece ninguém! Mas não adianta *desejar* isso, porque fui consagrada e agora estou presa aqui. Mas tenho esperanças de que em minha próxima vida serei dançarina em Awabath! Porque farei por merecer.

Arha olhou para baixo com uma expressão fixa e sombria. Ela não compreendia. Sentia que nunca tinha visto Penthe antes, nunca tinha olhado para ela e nunca a tinha visto, robusta e cheia de vida e frescor como uma das maçãs douradas, linda de se ver.

— O Templo não significa nada para você? — perguntou ela, um tanto dura.

Penthe, sempre submissa e fácil de intimidar, não se amedrontou dessa vez.

— Ah, sei que seus Mestres são muito importantes para você — respondeu, com uma indiferença que chocou Arha. — Isso faz algum sentido porque, de certa forma, você é a serva especial deles. Você não foi só consagrada, você nasceu especialmente para isso. Mas olhe para mim. Eu deveria sentir tanta admiração e tudo o mais pelo Deus-Rei? Afinal, ele é só um homem, mesmo que viva em Awabath em um palácio de quinze quilômetros de circunferência com tetos de ouro. Ele tem uns cinquenta anos e é careca. Dá para ver em todas as estátuas dele. E aposto com você que ele tem de cortar as unhas dos dedos dos pés, como qualquer outro homem. Sei perfeitamente que ele também é um deus. Mas o que acho é que ele será muito mais divino depois de *morto*.

Arha concordou com Penthe, pois havia refletido secretamente sobre os autoproclamados Divinos Imperadores de Kargad como deuses arrogantes, falsos, tentando se aproveitar da devoção dedicada aos verdadeiros e eternos Poderes. Mas havia algo por trás das palavras de Penthe com que ela não concordava, algo muito novo e assustador para ela. Arha não tinha percebido como as pessoas eram diferentes, como enxergavam a vida de modo diferente. Sentia-se como se tivesse olhado para cima e, de repente, enxergado um planeta completamente novo pairando, enorme e populoso, bem diante da janela, um mundo bem diferente, um mundo no qual deuses não tinham importância. Ela teve medo da solidez da falta de fé de Penthe. Assustada, rebateu:

— É verdade. Meus Mestres estão mortos há muito, muito tempo; e nunca foram homens... Sabe, Penthe, posso convocar você para servir às Tumbas. — Ela falou com prazer, como se oferecesse à amiga uma opção melhor.

O rosa fugiu das faces de Penthe.

— Sim — concordou ela —, você poderia. Mas eu não... Não sou do tipo que seria boa nisso.

— Por quê?

— Tenho medo do escuro — admitiu Penthe em voz baixa.

Arha fez um ruído de escárnio, mas ficou satisfeita. Tinha defendido seu ponto de vista. Penthe talvez não acreditasse em deuses, mas temia os poderes inomináveis da escuridão como uma alma mortal qualquer.

— Eu não faria isso a menos que você quisesse, sabe disso — falou Arha.

Um longo silêncio se colocou entre ambas.

— Você está ficando cada vez mais parecida com Thar — comentou Penthe de um jeito meio sonhador. — Pelo menos não está ficando parecida com Kossil! Mas você é tão forte. Eu queria ser forte. Só gosto de comer...

— Vá em frente — disse Arha, em tom superior e divertido, e Penthe lentamente consumiu a terceira maçã até chegar às sementes.

Dias depois, as exigências do ritual interminável do Lugar tiraram Arha de sua privacidade. Dois filhotes tinham nascido prematuramente de uma cabra, e deveriam ser sacrificados aos Deuses-Irmãos Gêmeos como era o costume: um rito importante ao qual a Primeira Sacerdotisa deveria estar presente. Depois veio a lua minguante, e as cerimônias das trevas tiveram de ser realizadas diante do Trono Vazio. Arha inalou as fumaças entorpecentes das ervas queimando em largas bandejas de bronze diante do Trono, e dançou, solitária, vestida de preto. Ela dançou para os espíritos invisíveis dos mortos e dos não nascidos e, enquanto dançava, os espíritos se aglomeraram no ar à sua volta, seguindo o giro de seus pés e os gestos lentos e seguros de seus braços. Ela cantou as canções cujas palavras nenhum homem entendia, que ela havia aprendido, sílaba por sílaba, há muito tempo, com Thar. Um coro de sacerdotisas escondido na penumbra atrás da grande fileira dupla de colunas ecoou as palavras estranhas depois dela, e o ar do vasto salão em ruínas ficou repleto de vozes, como se os espíritos aglomerados repetissem os cantos vezes sem fim.

***

O Deus-Rei de Awabath não enviou mais prisioneiros para o Lugar e, pouco a pouco, Arha parou de sonhar com os três homens, agora mortos há muito tempo e enterrados em covas rasas na grande caverna sob as Lápides.

Ela reuniu coragem para retornar à caverna. Tinha de voltar lá: a Sacerdotisa das Tumbas deve ser capaz de entrar no próprio domínio sem terror, capaz de conhecer os caminhos.

A primeira vez que ela passou pelo alçapão foi difícil; mas não tão difícil quanto temia. Acostumou-se tanto com ele, ficou tão decidida a ir sozinha e manter a calma, que quando chegou lá ficou quase desanimada ao descobrir que não havia o que temer. Os túmulos talvez estivessem ali, mas ela não podia vê-los; não podia enxergar nada. Era um breu, e era silencioso. Só isso.

Dia após dia ela foi até lá, sempre entrando pelo alçapão da sala atrás do Trono, até conhecer bem (tão bem quanto se pode conhecer o que não se enxerga) todo o circuito da caverna, com as paredes estranhas, esculpidas. Ela nunca se afastou das paredes, pois ao se colocar a caminho do grande vazio, no escuro, ela logo poderia perder o senso de direção, e assim, andando sem rumo até voltar à parede, não saber onde estava. Pois, conforme aprendera da primeira vez, o importante nos Refúgios Sombrios era conhecer os desvios e as aberturas pelos quais havia passado e os que estavam por vir. Isso devia ser feito por contagem, pois eles eram todos iguais ao tato. A memória de Arha havia sido bem treinada, e ela não viu dificuldade naquele truque

insólito de encontrar o caminho pelo toque e número, ao invés de pela visão e pelo bom senso. Logo decorou todos os corredores que conduziam à Catacumba, o dédalo menor que ficava sob o Salão do Trono e o topo da colina. Mas havia um corredor no qual ela nunca entrara: o segundo à esquerda da entrada da rocha vermelha, no qual, caso entrasse, confundindo-o com outro conhecido, talvez nunca mais achasse a saída. Seu desejo de entrar ali e decorar o Labirinto sempre aumentava, mas ela o conteve até aprender tudo o que era possível sobre ele, na superfície.

Thar sabia pouco, apenas os nomes de alguns dos recintos e a lista de orientações, de desvios feitos e deixados para trás para chegar a esses recintos. Ela os contaria a Arha, mas nunca os desenharia na poeira ou mesmo com o gesto de uma mão no ar; e ela mesma nunca os seguira, nunca entrara no Labirinto. Porém, quando Arha lhe perguntava: "Qual é o caminho da porta de ferro que permanece aberta para a Sala Pintada?" ou "Como o caminho leva da Sala dos Ossos até o túnel junto ao rio?", Thar ficava uns instantes em silêncio e depois recitava as estranhas orientações que havia aprendido muito antes com aquela que era Arha: tantos cruzamentos deixados para trás, tantos desvios feitos à esquerda e assim por diante. E tudo isso Arha decorou, assim como Thar, quase sempre na primeira vez que escutou. Quando se deitava à noite, ela as repetia para si mesma, tentando imaginar os lugares, os recintos, os desvios.

Thar mostrou a Arha as muitas frestas de observação que se abriam para o dédalo, em todas as construções e templos do Lugar, e até mesmo sob rochas ao ar livre. A teia de túneis com paredes de pedra jazia sob todo o Lugar e mesmo para além de suas muralhas; havia quilômetros de túneis, lá embaixo, na escuridão. Ninguém ali, a não ser ela, as duas Sumas Sacerdotisas e seus servos especiais, os eunucos Manan, Uahto e Duby, sabia da existência daquele dédalo que repousava sob cada passo que davam. Havia rumores vagos entre as outras pessoas; todas sabiam que havia cavernas ou salas de algum tipo sob as Lápides. Mas nenhuma delas estava muito curiosa sobre qualquer coisa relacionada aos Inominados e aos lugares sagrados para eles. Talvez sentissem que, quanto menos soubessem, melhor. Arha, é claro, ficara muito curiosa e, ciente de que havia frestas para observar o interior do Labirinto, saiu à sua procura; no entanto, estavam tão bem dissimuladas nos calçamentos ou no solo do deserto, que nunca havia encontrado nenhuma, nem mesmo a de sua própria Edícula, até que Thar lhe mostrou.

Certa noite, no início da primavera, ela pegou uma lamparina e desceu com a vela apagada, atravessando a Catacumba até a segunda passagem à esquerda da porta da rocha vermelha.

No escuro, avançou uns trinta passos na passagem, e então atravessou uma porta, sentindo a moldura de ferro cravada na rocha: até aquele momento, o limite de suas explorações. Deixando a Porta de Ferro para trás, percorreu um longo caminho no túnel e, quando enfim iniciou-se uma curva à direita, acendeu a vela e olhou à sua volta. Pois ali a luz era permitida. Ela não estava mais na Catacumba. Estava em um lugar menos sagrado, embora talvez mais apavorante. Estava no Labirinto.

As paredes ásperas e rudimentares, a arcada e o chão rochoso a envolviam na pequena esfera de luz da vela. O ar estava estagnado. Para a frente e para trás, o túnel se estendia na escuridão.

Todos os túneis eram iguais, cruzando e recruzando. Ela manteve uma contagem cuidadosa dos desvios e passagens, e recitou as orientações de Thar para si mesma, embora as conhecesse perfeitamente. Pois não seria bom se perder no Labirinto. Na Catacumba e nas passagens curtas à sua volta, Kossil ou Thar poderiam encontrá-la, ou Manan viria à sua procura, pois ela o havia levado até lá várias vezes. Mas ali, nenhum deles jamais esteve: apenas ela. Pouco adiantaria se fossem à Catacumba e gritassem alto caso ela estivesse perdida em algum nó emaranhado de túneis espiralados a quase um quilômetro de distância. Ela imaginou que poderia ouvir o eco de vozes chamando-a, replicando-se por todos os corredores, e que tentaria chegar até elas, mas, estando perdida, apenas ficaria mais perdida. Essa imagem foi tão vívida que parou, pensando ter ouvido uma voz distante chamando. Mas não havia nada. E ela não se perderia.

Foi muito cuidadosa; e este era seu lugar, seu próprio domínio. Os poderes das trevas, os Inominados, guiariam seus passos ali, assim como desencaminhariam qualquer outro mortal que ousasse entrar no Labirinto das Tumbas.

Ela não foi muito longe naquela primeira vez, mas foi longe o bastante para que a certeza estranha, amarga, e ainda assim prazerosa de estar ali em total solidão e independência, crescesse e se fortalecesse em si, levando-a de volta outras vezes, mais longe a cada vez. Ela chegou à Sala Pintada e aos Seis Caminhos, seguiu o longo Túnel Externo e adentrou no estranho emaranhado que levava à Sala dos Ossos.

— Quando o Labirinto foi feito? — perguntou a Thar, e a sacerdotisa austera e esguia respondeu:

— Senhora, não sei. Ninguém sabe.

— Por que foi feito?

— Para esconder os tesouros das Tumbas e para a punição daqueles que tentassem roubar esses tesouros.

— Todos os tesouros que vi estão nas salas atrás do Trono e nos porões abaixo dele. O que há no Labirinto?

— Um tesouro muito maior e mais antigo. Você olharia para ele?

— Sim.

— Ninguém, apenas você, pode entrar no Tesouro das Tumbas. Você pode levar seus servos ao Labirinto, mas não ao Tesouro. Até mesmo Manan, se entrasse ali, despertaria a fúria das trevas; ele não sairia vivo do Labirinto. Lá, você deve ir sozinha, para sempre. Sei onde está o Grande Tesouro. A senhora me revelou o caminho, quinze anos atrás, antes de morrer, para que eu me lembrasse e lhe dissesse quando voltasse. Posso revelar-lhe o caminho a seguir no Labirinto, além da Sala Pintada; e a chave do tesouro é aquela de prata em sua argola, com a figura de um dragão no cabo. Mas você deve ir sozinha.

— Revele-me o caminho.

Thar o revelou, e ela se lembrou, como se lembrava de tudo o que lhe era dito. Mas não foi ver o Grande Tesouro das Tumbas. Algum sentimento de que sua vontade ou seu conhecimento ainda não estavam completos a impediu. Ou talvez ela quisesse reservar algo, alguma coisa pela qual ansiar, que lançasse um encanto sobre aqueles túneis intermináveis que atravessavam a escuridão e terminavam sempre em paredes vazias ou celas empoeiradas. Ela esperaria um pouco antes de ver seus tesouros.

Afinal, ela já não os tinha visto antes?

Ainda se sentia estranha quando Thar e Kossil conversavam com ela sobre coisas que ela tinha visto ou dito antes de morrer. Era de sua ciência que, de fato, havia morrido e renascido em um novo corpo na hora da morte do corpo antigo: não apenas uma vez, quinze anos atrás, mas cinquenta anos antes disso, e antes, e antes, anos e centenas de anos atrás, geração após geração, desde o início dos tempos, quando o Labirinto foi escavado, e as Pedras foram erguidas, e a Primeira Sacerdotisa dos Inominados viveu naquele Lugar e dançou diante do Trono Vazio. Eram todas uma, todas aquelas vidas e a dela. Ela era a Primeira Sacerdotisa. Todos os seres humanos renasciam para sempre, mas somente ela, Arha, renascia para sempre como ela mesma. Ela aprendeu os caminhos e desvios do Labirinto centenas de vezes e, por fim, chegara à sala oculta.

Às vezes ela pensava se lembrar. Os Refúgios Sombrios sob a colina eram tão familiares como se fossem não apenas seu domínio, mas sua casa. Quando inalava as fumaças entorpecentes para dançar na lua minguante, sua cabeça ficava leve e seu corpo não era mais seu; então, ela dançava através dos séculos, descalça, em vestes pretas, e sabia que a dança nunca cessara.

No entanto, era sempre estranho quando Thar dizia: "Você me contou antes de morrer…".

***

Certa vez ela perguntou:

— Quem eram os homens que vinham roubar as Tumbas? Alguém já fez isso? — A noção de "ladrão" a impressionara como algo empolgante, mas improvável. Como viriam secretamente ao Lugar? Os peregrinos eram pouquíssimos, em menor número até do que os prisioneiros. De vez em quando, noviças ou pessoas recém-escravizadas eram enviadas de templos menores das Quatro Terras, ou um pequeno grupo trazia alguma oferenda de ouro ou incenso raro a um dos templos. E isso era tudo. Ninguém vinha por acaso, nem para comprar e vender, nem para passear, nem para roubar; ninguém vinha, exceto seguindo ordens. Arha nem sabia a que distância ficava o povoado mais próximo, trinta quilômetros ou mais; e o povoado mais próximo era pequeno. O Lugar era vigiado e protegido pelo vazio, pela solidão. Qualquer pessoa que atravessasse o deserto que o circundava, pensou ela, teria tantas chances de passar despercebida quanto uma ovelha preta em um campo de neve.

Ela estava com Thar e Kossil, com as quais passava grande parte do tempo agora, quando não estava na Edícula ou sozinha sob a colina. Era uma noite tempestuosa e fria de abril. Estavam sentadas perto de uma pequena labareda de sálvia na lareira no recinto dos fundos do templo do Deus-Rei, os aposentos de Kossil. Do lado externo da porta, no corredor, Manan e Duby brincavam com um jogo de varetas e fichas, lançando um punhado de varetas e pegando o maior número possível com o dorso da mão. Manan e Arha às vezes ainda brincavam desse jogo, em segredo, no pátio interno da Edícula. O matraquear das varetas caídas, os sussurros roucos de triunfo e derrota, o pequeno crepitar do fogo eram os únicos sons quando as três sacerdotisas se calavam. Tudo ao redor, para além das paredes, estendia-se no profundo silêncio da noite desértica. De tempos em tempos, ouvia-se o tamborilar de uma pancada de chuva esparsa.

— Muito tempo atrás, vinham diversas pessoas para roubar as Tumbas; mas ninguém nunca conseguiu — revelou Thar. Embora fosse taciturna, ela gostava de contar histórias de vez em quando, e muitas vezes o fazia como parte da educação de Arha. Naquela noite, parecia que uma história poderia ser arrancada dela.

— Como algum homem ousaria?

— *Eles* ousariam — afirmou Kossil. — Eram ocultistas, o povo-feiticeiro das Terras Centrais. Isso foi antes de os Deuses-Reis governarem as Terras Kargad; não éramos tão fortes na época. Os feiticeiros costumavam navegar do oeste até Karego-At e Atuan para saquear os povoados da costa, pilhar as fazendas, até mesmo invadir a Cidade Sagrada de Awabath. Eles diziam que vinham para matar dragões, mas ficavam para roubar povoados e templos.

— E os grandes heróis deles vinham entre nós em busca de testar suas espadas — afirmou Thar — e realizar seus feitiços profanos. Um deles, um poderoso ocultista e Senhor dos Dragões, o maior de todos eles, veio para cá a contragosto. Foi há muito, muito tempo atrás, mas a história ainda é lembrada, e não só neste lugar. O ocultista se chamava Erreth-Akbe e era rei e feiticeiro no Oeste. Ele veio às nossas terras, e em Awabath se juntou a certos senhores kargineses rebeldes, e disputou o governo da cidade com o Sumo Sacerdote do Templo Central dos Deuses Gêmeos. Lutaram por muito tempo, a feitiçaria do homem contra os raios dos deuses, e o templo foi destruído ao redor deles. Por fim, o Sumo Sacerdote quebrou o cajado do ocultista, partiu em dois o amuleto de poder dele e o derrotou. Ele fugiu da cidade e das terras karginesas, e escapou atravessando Terramar até o Extremo Oeste; lá um dragão o matou, porque o poder dele havia sido extinto. Desde aquele dia, o poder e a glória das Terras Centrais entraram em declínio. O Sumo Sacerdote de então chamava-se Intathin e ele foi o primeiro da casa de Tarb, a mesma linhagem da qual, após a conclusão de profecias e séculos, os Sacerdotes-Reis de Karego-At eram descendentes, e deles, os Deuses-Reis de toda a Kargad. Assim, desde o tempo de Intathin, o poder e a glória das terras karginesas sempre aumentaram. Aqueles que vieram para roubar as Tumbas eram ocultistas tentando sempre recuperar o amuleto quebrado de Erreth-Akbe. Mas ele ainda está aqui, onde o Sumo Sacerdote o colocou por segurança. E os ossos deles também estão... — Thar apontou para o chão sob seus pés.

— Metade está aqui — afirmou Kossil.

— E a outra metade se perdeu para sempre.

— Perdeu-se como? — perguntou Arha.

— A metade que ficou na mão de Intathin foi dada por ele ao Tesouro das Tumbas, onde deveria ficar seguro para sempre. A outra ficou na mão do ocultista, mas ele a entregou, antes de fugir, para um rei insignificante, um dos rebeldes, chamado Thoreg de Hupun. Não sei por que ele fez isso.

— Para causar disputas, para deixar Thoreg orgulhoso — disse Kossil. — E assim foi. Os descendentes de Thoreg rebelaram-se novamente quando a casa de Tarb governava; e de novo pegaram em armas contra o primeiro Deus-Rei, recusando-se a reconhecê-lo como rei ou deus. Eles eram uma raça amaldiçoada e enfeitiçada. Estão todos mortos agora.

Thar assentiu.

— O pai de nosso atual Deus-Rei, o Senhor Que Se Assomou, derrubou a família de Hupun e destruiu os palácios que tinham. Quando isso aconteceu, o meio-amuleto, que preservavam desde os tempos de Erreth-Akbe e Intathin, se perdeu. Não se sabe o que aconteceu com ele. E isso foi há muito tempo.

— Foi descartado como lixo, sem dúvida — garantiu Kossil. — Dizem que não parece algo de valor, o Anel de Erreth-Akbe. Maldito seja ele e todo objeto do povo feiticeiro! — Kossil cuspiu no fogo.

— Você viu a metade que está aqui? — Arha perguntou a Thar.

A mulher esguia balançou a cabeça em um sinal negativo.

— Está naquele tesouro ao qual ninguém pode ir, exceto a Sacerdotisa Una. Pode ser o maior de todos os tesouros ali: não sei. Acho que talvez seja. Por centenas de anos as Terras Centrais enviaram para cá ladrões e feiticeiros para tentar roubá-lo de volta, e eles passaram por cofres de ouro abertos, à procura apenas daquela coisa. Faz muito tempo que Erreth-Akbe e Intathin viveram, e ainda assim a história é conhecida e contada, tanto aqui como no Oeste. A maioria das coisas envelhece e se deteriora com o passar dos séculos. Pouquíssimas são as coisas preciosas que permanecem preciosas, ou as histórias que ainda são contadas.

Arha refletiu um pouco e disse:

— Devem ter sido homens muito corajosos, ou muito tontos, para entrar nas Tumbas. Eles não conhecem os poderes dos Inominados?

— Não — Kossil respondeu, com voz fria. — Eles não têm deuses. Fazem magia e pensam que são deuses. Mas não são. E, quando morrem, não renascem. Eles se transformam em pó e osso, e seus fantasmas gemem no vento por algum tempo até que o vento os leve embora. Eles não têm almas imortais.

— Mas que magia é essa que eles fazem? — Arha perguntou, fascinada. Não se lembrava de terem lhe contado que ela certa vez tinha se afastado e se recusado a olhar para os navios das Terras Centrais. — Como a fazem? O que ela causa?

— Trapaças, dissimulações, ilusionismos — disse Kossil.

— Um pouco mais — declarou Thar —, se as histórias forem verdadeiras, ainda que em parte. Os feiticeiros do Oeste podem levantar e acalmar os ventos, e fazê-los soprar para onde desejarem. Nisso, todos concordam e contam a mesma história. Por isso são grandes marinheiros; podem colocar o vento mágico em suas velas e ir para onde desejarem, e aquietar as tempestades no mar. E dizem que podem fazer luz quando querem, e trevas; e transformar rochas em diamantes, e chumbo em ouro; que podem construir um grande palácio ou uma cidade inteira em um instante, pelo menos na aparência; que podem se transformar em ursos, peixes ou dragões, como lhes apraz.

— Não acredito em nada disso — afirmou Kossil. — Que eles são perigosos, astutos em seus truques, escorregadios como enguias, sim. Mas dizem que, se você tirar o cajado de madeira de um ocultista, não lhe sobra mais nenhum poder. Provavelmente há runas maléficas inscritas no cajado.

Thar balançou a cabeça novamente.

— Eles carregam um cajado, de fato, mas é apenas um instrumento do poder que trazem dentro de si.

— Mas como conseguem o poder? — questionou Arha. — De onde vem?

— Das mentiras — respondeu Kossil.

— Das palavras — completou Thar. — Assim fiquei sabendo por alguém que uma vez observou um grande ocultista das Terras

Centrais, um Mago, como são chamados. Fizeram-no prisioneiro ao invadirem o Oeste. Ele mostrou um pedaço de madeira seca e falou uma palavra. E pasmem! A madeira floresceu. E ele falou outra palavra e pasmem! Maçãs vermelhas. E falou mais uma palavra, e cajado, flores, maçãs e tudo mais desapareceram e, junto, o ocultista. Com uma palavra, ele desapareceu, tal qual um arco-íris, como uma piscadela, sem deixar vestígios; e nunca mais o encontraram naquela ilha. Será que foi mero ilusionismo?

— É fácil fazer os bobos de bobos — asseverou Kossil.

Thar não disse mais nada, evitando discutir; mas Arha relutava em deixar o assunto morrer.

— Como é o povo feiticeiro? — perguntou. — São mesmo inteiramente negros com olhos brancos?

— São negros e maus. Nunca vi um deles — afirmou Kossil com satisfação, deslocando o corpo pesado no banco baixo e estendendo as mãos para o fogo.

— Que os Deuses Gêmeos os mantenham longe — murmurou Thar.

— Eles nunca mais virão aqui — afirmou Kossil. O fogo crepitou e a chuva caiu sobre o telhado, e no exterior da porta, na penumbra, Manan gritou, com voz estridente:

— Haha! Dois a um para mim, dois a um!

CAPÍTULO 5
LUZ SOB A COLINA

Quando o inverno daquele ano estava prestes a recomeçar, Thar morreu. No verão, uma doença devastadora se abateu sobre ela; e ela, que era esguia, tornou-se esquelética, ela, que era hostil, já não falava absolutamente nada. Conversava apenas com Arha, às vezes, quando estavam a sós; depois, até isso acabou e ela entrou calada na escuridão. Quando se foi, Arha sentiu dolorosamente sua ausência. Ainda que Thar fosse severa, ela nunca foi cruel. Foi o orgulho que ela ensinou a Arha, não o medo.

Agora havia apenas Kossil.

Uma nova Suma Sacerdotisa do Templo dos Deuses Gêmeos viria de Awabath na primavera; até lá, Arha e Kossil seriam as governantes do Lugar. A mulher chamava a garota de "senhora" e deveria lhe obedecer se recebesse ordens. Mas Arha aprendera a não dar ordens a Kossil. Ela tinha o direito de fazê-lo, mas não tinha a força; seria necessário ter muita força para enfrentar a inveja de Kossil de uma posição mais elevada e o ódio dela diante de qualquer coisa que não controlasse sozinha.

Desde que Arha descobrira (com a doce Penthe) a existência da ausência de fé e a aceitara como uma realidade, ainda que a assustasse, ela foi capaz de enxergar Kossil com muito mais firmeza e de entendê-la. Kossil não trazia, no coração, uma devoção verdadeira aos Inominados ou aos deuses. Ela não considerava sagrada nenhuma coisa, exceto o poder. O Imperador das Terras Kargad detinha o poder agora e, portanto, aos olhos dela, ele era um deus-rei de fato e ela cumpriria bem seus serviços a ele. Mas para Kossil os templos eram mero espetáculo, as Lápides eram rochas, as Tumbas de Atuan eram buracos escuros no chão, terríveis, mas vazios. Ela acabaria com a adoração do Trono Vazio, se pudesse. E acabaria com a Primeira Sacerdotisa, se tivesse ousadia.

Arha passou a encarar esse último fato com bastante firmeza. Talvez Thar a tivesse ajudado a percebê-lo, embora nunca dissesse nada diretamente. Nos primeiros estágios da doença, antes que o silêncio lhe abatesse, Thar pedira a Arha que fosse até ela a cada poucos dias a fim de conversarem, contando-lhe muitas coisas sobre os feitos do Deus-Rei e seu predecessor, e sobre os costumes de Awabath, assuntos que, como uma sacerdotisa importante, ela precisava conhecer, mas que muitas vezes não eram elogiosos para o Deus-Rei e sua corte. E Thar havia falado da própria vida, e descrito a aparência da Arha da vida anterior e o que ela fizera; às vezes, não sempre, mencionava quais poderiam ser as dificuldades e perigos da vida atual de Arha. Ela não mencionou Kossil pelo nome uma vez sequer. Mas Arha fora a pupila de Thar por onze anos, e não precisava de mais do que uma insinuação ou um tom de voz para compreender e se lembrar.

Depois que a comoção soturna dos Ritos de Luto terminou, Arha passou a evitar Kossil. Quando os longos trabalhos e rituais do dia terminavam, ela ia para sua morada solitária; e, sempre que havia tempo, ia para a sala atrás do Trono, abria o alçapão e descia para a escuridão. Dia e noite, pois lá não havia diferença, ela perseverava em uma exploração sistemática de seu domínio. A Catacumba, com a grande sobrecarga de sacralidade, era totalmente proibida para qualquer pessoa, exceto sacerdotisas e seus eunucos mais confiáveis. Qualquer outra pessoa, homem ou mulher, que se aventurasse ali com certeza seria morta pela ira dos Inominados. Mas em todas as regras que ela aprendeu, não havia nenhuma que proibisse a entrada no Labirinto. Não havia necessidade. Só se podia entrar nele pela Catacumba e, além disso, as moscas precisam de regras para lhes dizer que não entrem em uma teia de aranha?

Por isso, muitas vezes ela levava Manan às regiões mais próximas do Labirinto, para que ele pudesse aprender os caminhos. Ele não ficava nem um pouco ansioso para ir, mas, como sempre, obedecia. Arha se certificou de que Duby e Uahto, os eunucos de Kossil, soubessem o caminho para a Sala das Correntes e a saída da Catacumba, nada mais; e nunca os levou ao Labirinto. Ela não queria que ninguém além de Manan, totalmente fiel, conhecesse os caminhos secretos. Pois pertenciam a ela, apenas a ela, para sempre. Ela havia começado a exploração completa do Labirinto. Durante todo o outono, passou muitos dias andando pelos corredores intermináveis, e ainda havia regiões que nunca visitara. Havia um esgotamento no traçado da vasta e aleatória teia de caminhos; as pernas se cansavam e a mente se entediava, o tempo todo calculando os desvios e as passagens deixadas para trás e que estavam por vir. O Labirinto era formidável, traçado na sólida rocha subterrânea como as ruas de uma grande cidade; mas tinha sido feito para cansar e confundir o mortal que por ali andasse, e até mesmo sua sacerdotisa devia sentir que, no fim das contas, o lugar não era nada mais do que uma grande armadilha.

Assim, gradualmente, à medida que o inverno se intensificava, ela voltava a exploração minuciosa para o próprio Salão, os altares, as alcovas atrás e abaixo dos altares, as salas de baús e caixas, o conteúdo dos baús e das caixas, as passagens e os sótãos, o buraco empoeirado sob o domo onde centenas de morcegos se aninhavam, os porões e as galerias que eram as antecâmaras dos corredores da escuridão.

Com mãos e mangas perfumadas pela doçura seca de um almíscar que se transformara em pó, repousando oito séculos em um baú de ferro, e a fronte manchada com o preto viscoso de teias de aranha, ela ficava de joelhos por uma hora para estudar os entalhes de uma bela arca de cedro avariada pelo tempo, presente de alguns reis de eras passadas aos Poderes Inominados das Tumbas. Ali estava o rei, uma figura minúscula e firme de nariz grande, e lá estava o Salão do Trono com o domo rebaixado e as colunas do pórtico esculpidas na madeira em delicado relevo por algum artista que havia se transformado em pó há centenas de anos. Lá estava a Sacerdotisa Una, respirando a fumaça entorpecente emanada das bandejas de bronze e apresentando profecias ou conselhos ao rei, cujo nariz estava quebrado naquele quadro; o rosto da Sacerdotisa era pequeno demais para ter traços nítidos, mas Arha imaginava que o rosto dela era seu próprio rosto. Perguntou-se o que havia dito ao rei narigudo, e se ele agradecera.

Ela tinha lugares favoritos no Salão do Trono, como se pode ter lugares favoritos para se sentar em uma casa ensolarada. Costumava ir a um sótão pequeno sobre uma das rouparias na parte dos fundos do Salão. Ali se guardavam túnicas e vestimentas antigas, remanescentes dos dias em que grandes reis e senhores vinham para adoração no Lugar das Tumbas de Atuan, reconhecendo um domínio maior do que o que lhes pertencia ou a qualquer homem. Às vezes, suas filhas, as princesas, vestiam as suaves sedas brancas, bordadas com topázio e ametista preta, e dançavam com a Sacerdotisa das Tumbas. Em um dos tesouros, havia mesinhas de marfim com pinturas mostrando essa dança, os senhores e reis à espera do lado de fora do salão, pois na época, como agora, nenhum homem jamais punha os pés no chão das Tumbas. Mas as virgens podiam entrar e dançar com a Sacerdotisa, vestidas em seda branca. Já a Sacerdotisa usava roupas grosseiras, pretas, caseiras, sempre, tanto naquela época como agora; mas gostava de vir e sentir entre os dedos as peças delicadas, macias, carcomidas pelo tempo, as joias imperecíveis que se soltavam do tecido por seu próprio peso, levíssimo. Havia naqueles baús um aroma diferente de todos os almíscares e incensos dos templos do Lugar: um odor mais fresco, mais fraco, mais jovem.

Ela passava a noite nas salas do tesouro descobrindo o conteúdo de um único baú, joia por joia, a armadura enferrujada, as plumas quebradas dos elmos, as fivelas, alfinetes e broches, bronze, prata folheada a ouro e ouro maciço.

Corujas, imperturbadas por sua presença, empoleiravam-se nas vigas e piscavam os olhos amarelos. Um pouco de luz das estrelas cintilava entre as telhas do teto; ou a neve caía, fina e fria como aquelas sedas antigas que se desfaziam ao toque das mãos.

Certa noite, no fim do inverno, fazia muito frio no Salão. Ela foi até o alçapão, levantou-o, desceu os degraus e o fechou acima dela. Prosseguiu em silêncio pelo caminho que agora conhecia tão bem, a passagem para a Catacumba. Lá, é óbvio, ela nunca levava nenhuma luz; se carregasse uma lanterna, do Labirinto ou da escuridão da noite acima do solo, ela a apagava antes de chegar perto da Catacumba. Ela nunca tinha visto aquele lugar, nunca em todas as gerações de seu sacerdócio. No corredor, apagou a vela do castiçal que carregava e, sem diminuir o passo, mergulhou no breu como um peixinho na água escura. Fosse inverno ou verão, o lugar não era frio nem quente: sempre o mesmo ar ameno e uniforme, um pouco úmido, imutável. Lá em cima, os grandes ventos gelados do inverno lançavam neve fina sobre o deserto. Ali não havia vento nem estação; era fechado, era quieto, era seguro.

Ela se dirigia à Sala Pintada. Gostava de ir lá, às vezes, e de estudar os estranhos desenhos na parede que se destacavam na escuridão sob o lampejo da vela: homens com asas compridas e olhos grandes, serenos e soturnos. Ninguém podia lhe dizer o que eram, não havia tais pinturas em nenhum outro espaço do Lugar, mas ela achava que sabia; eram os espíritos dos condenados, que não renascem. A Sala Pintada ficava no Labirinto, então ela precisava primeiro atravessar a caverna sob as Lápides. Quando se aproximou da caverna pela passagem inclinada, um tom suave de cinza florescia, uma alusão e um vislumbre leves, o eco do eco de uma luz distante.

Achou que seus olhos a estavam enganando, como costumavam fazer naquele breu. Fechou-os e o brilho desapareceu. Abriu-os e ele reapareceu.

Ela havia parado e estava em pé, imóvel. Cinza, não preto. Uma margem opaca de palidez, visível onde nada podia ser visível, onde tudo devia ser treva.

Deu alguns passos à frente e estendeu a mão para o ângulo da parede do túnel; e enxergou, fraquíssimo, o movimento da própria mão.

Prosseguiu. Aquilo era estranho, para além do pensamento, para além do medo, aquele suave florescimento de luz onde nenhuma luz jamais existira, no túmulo mais profundo da escuridão. Ela seguiu, sem qualquer ruído, de pés descalços, vestida de preto. No último desvio do corredor, deteve-se; depois, muito lentamente, deu o último passo, olhou e viu...

... viu o que nunca tinha visto, ainda que tenha vivido uma centena de vidas: a grande caverna arqueada sob as Lápides, que não fora escavada pela mão do homem, mas pelos poderes da Terra. Era cravejada de cristais e ornamentada com pináculos e filigranas de calcário branco onde as águas subterrâneas haviam feito seu trabalho ao longo de milênios: imensa, com teto e paredes reluzentes, cintilantes, delicados, intrincados, um palácio de diamantes, uma casa de ametista e cristal, da qual a antiga escuridão havia sido expulsa pela glória.

Não brilhante, mas ofuscante para o olho acostumado às trevas, era a luz que operava tal maravilha. Era um lampejo suave, como um fogo-fátuo que se movia lentamente pela caverna, alcançando as mil cintilações do telhado cravejado de joias e movendo as mil sombras fantásticas pelas paredes esculpidas.

A luz ardia na ponta de um cajado de madeira, sem produzir fumaça, sem ser consumida. O bastão era segurado por mão humana. Arha viu o rosto ao lado da luz; o rosto escuro: o rosto de um homem.

Ela não se moveu.

Por um tempo longo, ele atravessou a vasta caverna de um lado a outro. Movia-se como se procurasse algo, olhando por trás das cataratas de pedras entrelaçadas, estudando os vários corredores que conduziam para fora da Catacumba, mas sem entrar neles. E a Sacerdotisa das Tumbas ainda permanecia imóvel, no ângulo escuro da passagem, à espera.

O mais difícil para ela era imaginar que, talvez, estivesse olhando para um estrangeiro. Ela raramente vira algum estrangeiro. Parecia-lhe que aquele devia ser um dos guardiões, não, um dos homens do outro lado da muralha, um pastor de cabras ou um guarda, um homem escravizado do Lugar; e ele viera para ver os segredos dos Inominados, talvez para roubar alguma coisa das Tumbas...

Para roubar algo. Para roubar os Poderes das Trevas. Sacrilégio: a palavra veio lentamente à mente de Arha. Aquele era um homem, e o pé de nenhum homem jamais deveria tocar o solo das Tumbas, o Lugar Sagrado. No entanto, ele havia entrado ali, no espaço oco que era o coração das Tumbas. Ele havia entrado. Havia produzido luz onde a luz era proibida, onde a luz nunca esteve desde o início do mundo. Por que os Inominados não o aniquilavam?

Ele estava de pé agora olhando para o chão rochoso, que era fragmentado e desordenado. Podia-se ver que ele havia sido aberto e fechado novamente. Os torrões coalhados e estéreis cavados para as sepulturas não tinham sido pisoteados outra vez.

Os Mestres dela tinham devorado aqueles três. Por que não devoravam este? O que estavam esperando?

Que as mãos deles agissem, que a língua deles falasse...

— Saia! Saia! Saia daqui! — gritou ela de uma vez só, empregando sua voz mais alta. Ecos amplos esganiçaram e ressoaram pela caverna, parecendo turvar o rosto negro e assustado que se virou e, por um instante, através do esplendor abalado da caverna, a viu. Então a luz se extinguiu. Todo o esplendor se extinguiu. Escuridão total e silêncio.

Agora ela podia voltar a pensar. Estava livre do feitiço da luz.

Ele deve ter entrado pela porta da rocha vermelha, a Porta dos Prisioneiros, e por ela tentaria escapar. Com leveza e em silêncio, como as corujas de asas delicadas, ela percorreu a metade do circuito da caverna até o túnel rebaixado que levava à porta que abria apenas para dentro. Parou ali, na entrada do túnel. Não havia corrente de vento do lado de fora; ele não havia deixado a porta aberta. Estava fechada, e, se ele estava no túnel, estava preso ali.

Mas o homem não estava no túnel. Ela tinha certeza. Naquele lugar apertado, com tanta proximidade, ela teria ouvido a respiração dele, sentido o calor e a pulsação de sua vida. Não havia ninguém no túnel. Ela ficou parada, em pé, e tentou escutar. Para onde ele foi?

A escuridão pressionava seus olhos como uma atadura. Ter visto a Catacumba a confundiu; ela estava desnorteada. Só conhecia aquele local como uma região definida pela audição, pelo toque das mãos, pelo deslocamento dos ventos frios no escuro; uma vastidão; um mistério que nunca deveria ser visto. Ela o vira e o mistério deu lugar não ao horror, mas à beleza, um mistério ainda mais profundo do que o da escuridão.

Agora, ela avançava lentamente, insegura. Tateava o caminho pela esquerda até a segunda passagem, a que levava para o Labirinto. Parou lá e tentou escutar.

Seus ouvidos não lhe diziam mais do que seus olhos. Mas, enquanto estava parada com uma mão em cada lado da arcada rochosa, sentiu uma vibração fraca, vaga, da rocha; no ar ameno e viciado havia o traço de um cheiro que não pertencia ao lugar: o cheiro da sálvia selvagem que crescia nas colinas do deserto, no alto, a céu aberto.

Lenta e silenciosamente, ela se moveu pelo corredor, seguindo o próprio faro.

Depois de uma centena de passos, talvez, ela o ouviu. Era quase tão silencioso quanto ela, mas não tinha passos tão firmes no escuro. Arha ouviu um leve arrastar de pés, como se ele tivesse tropeçado no chão irregular e se recuperado de imediato. Nada mais. Ela esperou um pouco e depois prosseguiu devagar, tocando a ponta dos dedos da mão direita muito levemente na parede. Por fim, os dedos tocaram uma barra arredondada de metal. Ela parou e apalpou o friso de ferro até que, quase tão alto quanto ela podia alcançar, tocou em uma alça saliente de ferro áspero. De repente, com todas as suas forças, a puxou para baixo.

Ouviu-se um rangido apavorante e um baque. Faíscas azuis caíram como chuva. Os ecos se dispersaram, digladiando-se, no corredor atrás dela. Arha estendeu as mãos e sentiu, apenas alguns centímetros antes de seu rosto, a superfície esburacada de uma porta de ferro.

Ela inspirou fundo.

Voltando devagar pelo túnel para a Catacumba, e mantendo a parede à sua direita, seguiu até o alçapão no Salão do Trono. Ela não se apressou e manteve-se em silêncio, embora não houvesse mais necessidade disso. Ela já havia capturado o ladrão. A porta pela qual ele havia passado era a única maneira de entrar ou sair do Labirinto; e só podia ser aberta pelo lado de fora.

Ele estava lá embaixo agora, na escuridão do subsolo, e nunca mais sairia.

Caminhando devagar, ereta, Arha passou pelo Trono e entrou no longo corredor de colunas. Ali, onde uma vasilha de bronze em um alto tripé irradiava o brilho vermelho do carvão, ela se virou e se aproximou dos sete degraus que levavam ao Trono. No degrau mais baixo, ajoelhou-se e inclinou a testa para a pedra fria e empoeirada, repleta de ossos de camundongos abandonados pelas corujas caçadoras.

— Perdoe-me por ter visto Sua escuridão ser rompida — pediu ela, sem falar as palavras em voz alta. — Perdoe-me por ter visto Suas tumbas violadas. Vocês serão vingados. Ó, meus Mestres, a morte o entregará aos senhores, e ele nunca renascerá!

No entanto, mesmo enquanto rezava, ela vislumbrava na mente o brilho trêmulo da caverna iluminada, a vida no lugar da morte; e, em vez de terror pelo sacrilégio e raiva contra o ladrão, ela pensava apenas em como era estranho, como era estranho...

— O que devo dizer a Kossil? — perguntou a si mesma enquanto saía na rajada do vento invernal e se enrolava no manto. — Nada. Ainda não. *Eu* sou a senhora do Labirinto. Isso não é problema do Deus-Rei. Vou contar a ela depois que o ladrão estiver morto, talvez. Como devo matá-lo? Eu deveria fazer Kossil ir e observar a morte dele. Ela gosta da morte. O que ele estava procurando? Ele deve ser insano. Como entrou? Kossil e eu temos as únicas chaves da porta da rocha vermelha e do alçapão. Ele tem de ter passado pela porta da rocha vermelha. Somente um ocultista poderia abri-la. Um ocultista...

Ela se deteve, ainda que o vento quase a derrubasse.

— Ele é um ocultista, um feiticeiro das Terras Centrais, em busca do amuleto de Erreth-Akbe.

E havia nisso um encanto tão afrontoso que ela se aqueceu toda, mesmo no vento gelado, e riu alto. Ao seu redor, o Lugar, e ao redor dele, o deserto, estavam escuros e silenciosos; o vento gania; não havia luzes no Casarão. Uma neve fina e invisível fustigava à passagem do vento.

— Se ele abriu a porta da rocha vermelha com feitiçaria, pode abrir outras. Pode escapar.

Esse pensamento a esfriou por um instante, mas não a convenceu. Os Inominados permitiram que ele entrasse. Por que não? Ele não podia fazer mal algum. Que mal faz um ladrão que não pode sair da cena do roubo? Feitiços e poderes sombrios ele devia possuir, e fortes, sem dúvida, já que chegou tão longe; mas não iria além. Nenhum feitiço lançado pelo homem mortal poderia ser mais forte do que a vontade dos Inominados, as presenças nas Tumbas, os Reis cujo Trono estava vazio.

Para se convencer disso, ela apressou o passo até a Edícula. Manan estava dormindo na varanda, enrolado no manto e no surrado cobertor de pele que lhe servia de cama durante o inverno. Ela entrou em silêncio, para não o despertar, e sem acender qualquer lamparina. Abriu um pequeno recinto trancado, um mero depósito no fim do corredor. Acendeu uma fagulha com a pederneira, longa o suficiente para encontrar determinado lugar no chão e, ajoelhando-se, arrancou um ladrilho. Um pedaço de pano pesado e sujo, com apenas alguns centímetros quadrados, foi revelado ao seu toque. Colocou-o de lado sem fazer barulho. Ela retrocedeu, pois um raio de luz era lançado para cima, direto em seu rosto.

Depois de um instante, muito cautelosa, olhou pela abertura. Tinha se esquecido de que ele carregava aquela luz estranha em seu cajado. No máximo, esperava ouvi-lo, lá embaixo, no escuro. Tinha se esquecido da luz, mas o homem estava onde ela esperava que estivesse: logo abaixo da fresta de observação, na porta de ferro que o impedia de fugir do Labirinto.

Ele estava parado, uma mão no quadril, a outra segurando, em certo ângulo, à sua própria altura, o cajado de madeira, à ponta do qual se agarrava o tênue fogo-fátuo. A cabeça dele, que ela observava de uma altura de cerca de um metro e oitenta, estava um pouco inclinada para o lado. As roupas eram as de um viajante ou peregrino qualquer durante o inverno, uma capa curta e pesada, uma túnica de couro, perneiras de lã, sandálias trançadas; havia um fardo leve nas costas, do qual pendia um cantil e uma faca embainhada no quadril. Ele permaneceu parado como uma estátua, tranquilo e pensativo.

Lentamente, o homem ergueu o cajado do chão e estendeu a ponta brilhante em direção à porta, que Arha não conseguia enxergar pela fresta de observação. A luz mudou, ficando menor e mais brilhante, um brilho intenso. Ele falou em voz alta. A língua proferida era estranha para Arha, mas ainda mais estranha do que as palavras era a voz, profunda e ressonante.

A luz do cajado ficou mais brilhante, cintilou e diminuiu. Por um instante, se apagou, e ela não conseguiu ver o homem.

A pálida luz violeta do fogo-fátuo reapareceu, firme, e ela o viu dar as costas para a porta. O feitiço de abertura falhou. Os poderes que trancavam a fechadura da porta eram mais fortes do que qualquer magia que ele possuísse.

Ele olhou ao redor como se pensasse: e agora?

O túnel ou corredor no qual ele se encontrava tinha cerca de um metro e meio de largura. O teto estava entre três metros e meio a quatro metros e meio acima do chão de rocha áspera. Ali, as paredes eram de pedra de cantaria, assentadas sem argamassa, mas de maneira muito meticulosa e precisa, de modo que mal se podia enfiar a ponta de uma faca nas junções. Elas se inclinavam cada vez mais para dentro à medida que subiam, formando um arco.

Não havia mais nada.

Ele avançou. Uma passada o tirou do campo de visão de Arha. A luz se extinguiu. Ela estava prestes a recolocar o tecido e o ladrilho quando o tênue raio de luz se ergueu do chão diante dela outra vez. Ele havia retornado para a porta. Talvez tivesse percebido que, assim que a deixasse e entrasse no dédalo, não era muito provável que a reencontrasse.

Ele falou, uma única palavra, em voz baixa. *"Emenn"*, disse, e depois de novo, mais alto, *"Emenn!"*. E a porta de ferro trepidou nos batentes, ecos baixos rolaram pelo túnel arqueado como trovões, e Arha teve a impressão de que o chão abaixo de si tremeu.

Mas a porta permaneceu fixa.

Então, ele riu, uma risada curta, de um homem que pensa: "Como fui ridículo!". Ele passou os olhos pelas paredes ao redor mais uma vez e, quando olhou para cima, Arha notou o sorriso persistente no rosto negro. Então, ele se sentou, tirou o fardo, pegou um pedaço de pão seco e mastigou. Abriu o cantil de couro e o sacudiu; parecia leve em sua mão, como se estivesse quase vazio. Recolocou a tampa sem beber. Colocou o fardo atrás de si como travesseiro, enrolou-se no manto e deitou-se. O cajado estava na mão direita. Quando ele se deitou de costas, o pequeno fogo-fátuo ou globo de luz flutuou acima do cajado e pairou, tênue, atrás de sua cabeça, a poucos metros do chão. A mão esquerda repousava sobre o peito, segurando algo que pendia de uma pesada corrente em volta do pescoço. Ele permaneceu deitado, confortável, as pernas cruzadas no tornozelo; o olhar vagou passando pela fresta de observação e se afastou; deu um suspiro e fechou os olhos. A luz foi diminuindo devagar. Ele adormeceu.

A mão apertada sobre o peito relaxou e escorregou para o lado e, então, a observadora viu, de cima, qual era o talismã na corrente: um pedaço de metal bruto, em forma de meia-lua, ao que parecia.

A luz mortiça da feitiçaria do homem desapareceu. Ele permaneceu em silêncio e no escuro.

Arha recolocou o tecido e encaixou de novo o ladrilho no lugar, levantou-se cuidadosamente e se esgueirou até seu quarto. Lá, ficou acordada por um longo tempo, na escuridão em que ressoava a ventania, o tempo todo enxergando diante de si o esplendor cristalino na casa da morte, o fogo suave que não ardia, as pedras da parede do túnel, o rosto tranquilo do homem adormecido.

CAPÍTULO 6

A ARMADILHA PARA O HOMEM

No dia seguinte, depois de terminar as tarefas nos vários templos, e as aulas de danças sagradas que ministrava às noviças, ela se esgueirou para a Edícula e, escurecendo o quarto, abriu a fresta de observação a fim de espiar. Não havia luz. Ele havia desaparecido. Ela imaginou que o homem não ficaria tanto tempo diante da porta inútil, mas era o único lugar em que ela sabia onde procurar. Como o encontraria agora que ele havia se perdido?

Os túneis do Labirinto, segundo o relato de Thar e sua própria experiência, se estendiam com todas as suas voltas, ramificações, espirais e becos sem saída por mais de trinta e dois quilômetros. O beco sem saída mais distante das Tumbas provavelmente não ficava a muito mais de um quilômetro e meio de distância, em linha reta. Mas lá embaixo, no subsolo, nada avançava em linha reta. Todos os túneis faziam curvas, dividiam-se, juntavam-se, ramificavam-se, entrelaçavam-se, davam voltas, percorriam rotas elaboradas que terminavam no ponto em que começavam, pois não havia ali princípio nem fim. Podia-se andar, andar e andar e, mesmo assim, não chegar a lugar algum, pois não havia aonde chegar. Não havia nem centro nem núcleo no dédalo. E, dado que a porta estava trancada, não havia fim. Nenhuma direção estava certa.

Embora os caminhos e desvios para os vários recintos e áreas estivessem evidentes na memória de Arha, até mesmo ela havia levado consigo, nas explorações mais longas, um fio fino enovelado, e o deixara se desenrolar atrás de si, enrolando-o quando o seguia de volta. Pois se um desvio ou uma passagem que devem ser contados fossem esquecidos, até mesmo ela poderia se perder. A luz não ajudava, uma vez que não havia pontos de referência. Todos os corredores, todas as portas e aberturas eram iguais.

A essa altura, ele poderia ter andado quilômetros e ainda assim não ter se afastado nem doze metros da porta pela qual tinha entrado.

Ela foi ao Salão do Trono, ao templo dos Deuses Gêmeos, ao porão abaixo das cozinhas e, escolhendo um momento em que estava sozinha, olhou através de cada uma das frestas de observação para o breu frio e espesso. Quando a noite chegou, congelante e radiante de estrelas, ela se dirigiu a determinados pontos da Colina e ergueu determinadas pedras, removeu a terra, espiou novamente e viu a escuridão sem estrelas do subsolo.

Ele estava lá. Tinha de estar. No entanto, havia lhe escapado. Ele morreria de sede antes que ela o encontrasse. Ela teria de enviar Manan ao dédalo a fim de achá-lo, assim que tivesse certeza de que ele estava morto. Era um pensamento inadmissível. Ajoelhada no terreno implacável da Colina, lágrimas de raiva brotaram-lhe nos olhos.

Arha foi à trilha que descia a encosta até o templo do Deus-Rei. Sob a geada, à luz das estrelas, as colunas de capitéis esculpidos eram de um branco cintilante, como pilares de osso. Ela bateu à porta dos fundos e Kossil a deixou entrar.

— O que traz minha senhora aqui? — indagou a mulher robusta, fria e atenta.

— Sacerdotisa, há um homem dentro do Labirinto.

Kossil foi pega de surpresa; pela primeira vez aconteceu algo que ela não esperava. Ela se levantou e olhou fixamente. Seus olhos pareceram inchar um pouco. Ocorreu a Arha que Kossil se parecia muito com Penthe imitando Kossil, e uma risada frenética cresceu em si, mas foi reprimida e morreu.

— Um homem? No Labirinto?

— Um homem, um estranho. — Depois, como Kossil continuava encarando-a com incredulidade, Arha acrescentou: — Reconheço um homem ao olhar, ainda que tenha visto poucos.

Kossil ignorou a ironia.

— Como um homem chegou lá?

— Por meio de bruxaria, acho. A pele dele é escura, talvez seja das Terras Centrais. Ele veio para roubar as Tumbas. Encontrei-o primeiro na Catacumba, bem debaixo das Pedras. Ele correu para a entrada do Labirinto quando percebeu minha presença, como se soubesse para onde ir. Tranquei a porta de ferro atrás dele. O homem lançou feitiços, mas eles não abriram a porta. De manhã entrou no dédalo. Agora, não consigo encontrá-lo.

— Ele tem uma luz?

— Sim.

— Água?

— Um cantil pequeno, não está cheio.

— A vela dele já acabou — Kossil ponderou. — Quatro ou cinco dias. Talvez seis. Então, você pode enviar meus guardiões para arrastar o corpo para fora. O sangue deve ser oferecido ao Trono e o...

— Não — interrompeu Arha com uma audácia repentina e estridente. — Desejo encontrá-lo vivo.

A sacerdotisa olhou para a garota do alto de sua robustez.

— Por quê?

— Para fazer... para fazer a morte dele ser mais demorada. Ele cometeu um sacrilégio contra os Inominados. Profanou a Catacumba com luz. Veio para roubar os tesouros das Tumbas. Ele deve ser punido com algo pior do que ficar deitado em um túnel sozinho e morrer.

— Sim — afirmou Kossil, como se estivesse deliberando. — Mas como a senhora vai pegá-lo? É arriscado. O outro não tem chance alguma. Não há uma sala cheia de ossos, em algum lugar do Labirinto, ossos de homens que entraram e não saíram? Deixe que os Tenebrosos o castiguem à sua própria maneira, de acordo com os costumes deles, os costumes sombrios do Labirinto. É uma morte cruel, a sede.

— Eu sei — disse a garota. Ela se virou e avançou noite adentro, puxando o capuz sobre a cabeça contra o vento gelado, uivante. Ela já não sabia?

Tinha sido infantil e tolo da parte dela ir até Kossil. Ela não receberia ajuda lá. A própria Kossil não sabia de nada, tudo o que ela conhecia era a espera fria e a morte no fim. Ela não compreendia.

Não percebia que o homem deveria ser encontrado. Não deveria ser como foi com os outros. Ela não conseguia mais suportar isso. Se deve haver morte, que seja imediata, à luz do dia. Com certeza seria mais apropriado que aquele ladrão, o primeiro homem que, em séculos, foi corajoso o suficiente para tentar roubar as Tumbas, morresse pelo fio de uma espada. Ele nem mesmo tinha uma alma imortal para renascer. Seu fantasma vagaria lamentando pelos corredores. Ele não podia morrer de sede ali sozinho na escuridão.

Arha dormiu muito pouco naquela noite. O dia seguinte foi repleto de ritos e deveres. Ela passou a noite caminhando, em silêncio e sem lamparina, de uma fresta de observação a outra em todos os prédios escuros do Lugar e da colina castigada pelo vento. Por fim, foi para a cama na Edícula, duas ou três horas antes do amanhecer, mas, mesmo assim, não conseguiu descansar. No terceiro dia, no fim da tarde, ela saiu sozinha pelo deserto, em direção ao rio que agora estava baixo, devido à seca do inverno, e congelado entre os juncos. Ocorreu-lhe a lembrança de que, certa vez, no outono, ela havia ido muito longe no Labirinto, passando pela Sexta Encruzilhada e, ao percorrer um longo corredor curvo, ouvira, por trás das pedras, o som de água corrente. Quem sabe um homem sedento, passando por aquele caminho, não permanecesse ali? Lá também existiam frestas de observação; ela teve de procurá-las, mas Thar havia lhe mostrado todas no ano anterior e ela as reencontrou sem muita dificuldade. A lembrança de localização e forma era como a de uma pessoa sem visão: parecia sentir o caminho até cada ponto escondido, em vez de olhar para encontrá-lo. No segundo, o mais distante das Tumbas todas, ao puxar o capuz a fim de impedir a passagem da luz e colocar o olho na fresta de uma placa lisa de rocha, ela enxergou, bem embaixo de si, o brilho tênue da luz enfeitiçada.

Ele estava ali, em parte fora do alcance da visão. A fresta de observação mostrava exatamente o fim do beco sem saída. Ela só conseguia ver as costas do homem, o pescoço abaixado e o braço direito. Ele estava sentado perto do canto, batendo nas pedras com a faca, uma pequena adaga de aço com cabo cravejado de joias. A lâmina estava quebrada. A ponta quebrada estava bem abaixo da fresta de observação. Ele a quebrara tentando separar as pedras, para chegar à água cuja correnteza nítida e murmurante ele ouvia na quietude estagnada sob a terra, do outro lado da parede impenetrável.

Os movimentos dele eram letárgicos. Depois de três noites e três dias, ele estava muito diferente da figura ágil e calma que parara diante da porta de ferro e rira da própria derrota. Ainda estava obstinado, mas a força se esvaíra. Não possuía nenhum feitiço para separar as pedras, precisava usar uma faca inútil. Até mesmo sua luz de ocultista era pálida e tênue. Enquanto Arha observava, a iluminação tremeluziu; a cabeça do homem balançou e ele largou a adaga. Depois, teimoso, pegou-a e tentou forçar a lâmina quebrada por entre as pedras.

Deitada entre juncos congelados na margem do rio, sem saber onde estava ou o que estava fazendo, Arha aproximou a boca da abertura gelada da rocha e colocou as mãos em concha para controlar o som.

— Feiticeiro! — chamou ela, e a voz, deslizando pela garganta de pedra, sibilou friamente pelo túnel subterrâneo.

O homem se assustou e se ergueu, saindo, assim, de seu campo de visão, quando ela olhou. Ela colocou a boca na fresta de observação outra vez e disse:

— Volte acompanhando a parede do rio até o segundo desvio. Depois, dobre à direita no primeiro desvio, pule um, depois à direita de novo. Nos Seis Caminhos, à direita outra vez. Depois esquerda, direita, esquerda e direita. Aí fica a Sala Pintada.

Ela deve ter deixado um raio de luz do dia atravessar a fresta de observação do túnel por um instante, quando se moveu para espiar de novo, pois, quando olhou, ele estava de volta ao campo de visão e olhava fixamente para a abertura. O rosto dele, que ela agora percebia ter alguma forma de cicatriz, era tenso e ansioso. Os lábios eram ressecados e negros; os olhos, brilhantes. Ele ergueu o cajado, trazendo a luz cada vez mais perto dos olhos dela. Assustada, ela recuou, fechou a fresta de observação com o tampo de pedra e uma cobertura de detritos rochosos, levantou-se e voltou depressa para o Lugar. Percebeu que suas mãos estavam trêmulas e, às vezes, uma vertigem a arrebatava ao caminhar. Arha não sabia o que fazer.

Seguindo as orientações dadas, ele voltaria na direção da porta de ferro, para a sala das pinturas. Não havia nada, nenhum motivo para ir até lá. Havia uma fresta de observação no teto da Sala Pintada, das boas, no tesouro do templo dos Deuses Gêmeos; talvez fosse por isso que ela tenha pensado naquela sala. Ela não sabia. Por que tinha falado com ele?

Ela poderia lhe deixar um pouco de água por uma das frestas e depois chamá-lo até aquele lugar. Isso o manteria vivo por mais tempo. O tempo que ela quisesse, na verdade. Se ela colocasse água e um pouco de comida de vez em quando, ele permaneceria dias, meses, vagando pelo Labirinto; e ela poderia espiá-lo pelas frestas, dizer-lhe onde encontrar água e, às vezes, mentir, para que ele andasse à toa, mas ele sempre teria de ir. Isso daria ao homem uma lição por zombar dos Inominados, por ostentar sua virilidade tola no lugar de descanso dos Mortos Imortais!

Todavia, enquanto ele estivesse lá, ela nunca seria capaz de entrar no Labirinto sozinha. *Por que não?*, ela se perguntou, e respondeu: *Porque ele pode escapar pela porta de ferro, que devo deixar aberta atrás de mim...* Mas ele não poderia ir além da Catacumba. A verdade era que Arha estava com medo de enfrentá-lo. Estava com medo do poder, das artes que ele usara para entrar na Catacumba, da feitiçaria que mantinha a luz acesa. Ainda assim, havia tanto a temer? Os poderes que governavam os Refúgios Sombrios estavam do lado dela, não dele. Francamente, ele não podia fazer muito ali, no reino dos Inominados. Ele não abrira a porta de ferro; não fizera aparecer comida mágica, nem trouxera água através da parede, nem fizera aparecer algum monstro demoníaco para derrubar as paredes, tudo o que ela temia que ele fosse capaz de fazer. Em três dias vagando, ele sequer encontrou o caminho até a porta do Grande Tesouro, que com certeza havia procurado. A própria Arha nunca seguira as orientações de Thar para chegar àquela sala, adiando e adiando a viagem devido a certo respeito, a uma relutância, uma sensação de que ainda não havia chegado a hora.

Agora pensava: *Por que ele não poderia fazer a jornada por ela?* Ele poderia olhar tudo o que quisesse nos tesouros das Tumbas. Fariam muito bem a ele! Arha poderia zombar dele, mandá-lo comer o ouro e beber os diamantes.

Com a precipitação nervosa e febril que tomara conta de si por todos aqueles três dias, ela correu para o templo dos Deuses Gêmeos, destrancou o pequeno tesouro arqueado e destampou a fresta de observação bem escondida no piso.

A Sala Pintada estava logo abaixo, mas escura como breu. O caminho que o homem devia seguir no dédalo era muito mais sinuoso, quilômetros mais longo, talvez; ela havia se esquecido disso. E ele, sem dúvida, estava enfraquecido e não andava depressa. Talvez ele se esquecesse das direções e tomasse o caminho errado. Poucas pessoas conseguiam se lembrar das direções ao ouvi-las uma só vez, como ela conseguia. Talvez ele sequer compreendesse a língua que ela falava. Nesse caso, que ele vagasse até cair e morrer no escuro, o tolo, o estrangeiro, o ímpio. Que seu fantasma gemesse pelos caminhos de pedra das Tumbas de Atuan até ser devorado pela escuridão...

Na manhã seguinte, bem cedo, depois de uma noite de pouco sono e pesadelos, Arha voltou à fresta no templo menor. Olhou para baixo e não viu nada: escuridão. Com uma corrente, desceu uma vela acesa em uma lamparina pequena de lata. Ele estava na Sala Pintada. Ela viu, além do brilho da vela, as pernas e uma mão fraca. Ela falou dentro da fresta, que era grande, do tamanho de um ladrilho inteiro:

— Feiticeiro!

Nenhum movimento. Será que estava morto? Aquela era toda a força que ele tinha dentro de si? Ela riu, com o coração palpitando.

— Feiticeiro! — gritou, a voz ressoando na sala vazia. Ele se moveu, sentando-se devagar e perscrutando ao redor, confuso. Depois de um tempo, ele olhou para cima, piscando para a lamparina que balançava no teto. O rosto dele era horrível de se ver, inchado, escuro como o rosto de uma múmia.

O homem estendeu a mão para o cajado, no chão logo ao lado, mas nenhuma luz brotou da madeira. Não lhe restavam mais forças.

— Quer ver o tesouro das Tumbas de Atuan, feiticeiro?

Ele olhou para cima, cansado, apertando os olhos para a luz da lamparina, que era tudo o que conseguia enxergar. Depois de um tempo, com uma expressão de dor, que talvez tenha começado como um sorriso, ele assentiu uma vez.

— Saia desta sala para a esquerda. Pegue o primeiro corredor à esquerda... — Ela recitou a longa série de direções sem pausa e, no fim, disse: — Lá você encontrará o tesouro que veio procurar. E talvez encontre água. Qual você prefere agora, feiticeiro?

Ele se levantou, apoiando-se no cajado. Mirando para cima com olhos que não podiam vê-la, tentou dizer alguma coisa, mas não havia voz em sua garganta seca. Ele encolheu um pouco os ombros e saiu da Sala Pintada.

Ela não lhe daria nada de água. Ele nunca encontraria o caminho para a sala do tesouro, mesmo. As orientações eram longas demais para que ele se lembrasse; e havia o Fosso, caso chegasse até lá. Ele estava no escuro, agora. Perderia o caminho e, por fim, cairia e morreria em algum lugar dos corredores estreitos, vazios e secos. E Manan iria encontrá-lo e o arrastaria para fora. E esse era o fim. Arha agarrou a borda da fresta de observação com as mãos e balançou o corpo ajoelhado para a frente e para trás, para a frente e para trás, mordendo o lábio como se sofresse uma dor terrível. Ela não lhe daria nada de água. Ela não lhe daria nada de água. Ela lhe daria a morte, morte, morte, morte, morte.

**

Naquele momento nebuloso de sua vida, Kossil se aproximou dela, entrando na sala do tesouro com passos pesados, volumosa sob as vestes negras de inverno.

— O homem já está morto?

Arha ergueu a cabeça. Não havia lágrimas em seus olhos, nada a esconder.

— Acho que sim — respondeu ela, levantando-se e tirando o pó das saias. — A luz dele se apagou.

— Ele pode estar trapaceando. Os desalmados são muito astutos.

— Vou esperar um dia, para ter certeza.

— Sim, ou dois dias. Depois Duby pode descer para tirá-lo. Ele é mais forte do que o velho Manan.

— Mas Manan está a serviço dos Inominados, e Duby, não. Há lugares dentro do Labirinto onde Duby não deve ir, e o ladrão está em um deles.

— Ora, então o lugar já foi profanado...

— Será purificado pela morte dele — afirmou Arha. Ela pôde ver pela expressão de Kossil que devia haver algo estranho no próprio rosto. — Este é meu domínio, sacerdotisa. Devo cuidar dele como meus Mestres me ordenam. Não preciso mais de aulas sobre a morte.

O rosto de Kossil pareceu se retrair sob o capuz preto, como o de uma tartaruga-do-deserto em seu casco, irritado, vagaroso e frio.

— Muito bem, senhora.

Elas se separaram diante do altar dos Deuses-Irmãos. Arha caminhou, agora sem pressa, para a Edícula e chamou Manan para acompanhá-la. Assim que falou com Kossil, soube o que devia ser feito.

Ela e Manan subiram a colina, entraram no Salão, desceram até a Catacumba. Forçando juntos a longa maçaneta, eles abriram a porta de ferro do Labirinto. Ali, acenderam as lamparinas e entraram. Arha foi na frente até a Sala Pintada e tomou o caminho para o Grande Tesouro.

O ladrão não tinha ido muito longe. Ela e Manan não haviam caminhado sequer quinhentos passos pela rota tortuosa quando deram com ele, caído no corredor estreito como um monte de trapos jogados no chão. Antes de cair, derrubara o cajado, que se encontrava a certa distância. A boca estava sangrando, os olhos, semicerrados.

— Está vivo — disse Manan, ajoelhando-se, levando a grande mão amarela à garganta negra, sentindo a pulsação. — Devo estrangulá-lo, senhora?

— Não. Eu o quero vivo. Pegue-o e venha atrás de mim.

— Vivo? — indagou Manan, transtornado. — Para que, pequena senhora?

— Para ser escravizado nas Tumbas! Chega de conversa, faça o que mando.

Com uma expressão mais melancólica do que nunca, Manan obedeceu, içando o jovem com esforço sobre os ombros como um saco comprido. Cambaleou atrás de Arha com o fardo. Não conseguia ir longe de uma vez só sob aquela carga. Eles pararam uma dúzia de vezes no percurso de volta para que Manan recuperasse o fôlego. A cada parada, o corredor era idêntico: as pedras amarelo-acinzentadas, bem encaixadas, elevando-se em um arco, o piso rochoso irregular, o ar parado; Manan gemendo e ofegando, o estranho imóvel, as duas lamparinas ardendo, fracas, formando uma cúpula de luz que se estreitava na escuridão do corredor em ambas as direções. A cada parada, Arha pingava um pouco da água que trouxera em um cantil na boca seca do homem, um pouco de cada vez, para que, ao retornar, a vida não o matasse.

— Para a Sala das Correntes? — perguntou Manan, já que estavam no corredor que levava à porta de ferro; e com isso, Arha pensou pela primeira vez para onde deveria levar o prisioneiro. Ela não sabia.

— Lá não, não — respondeu ela, nauseada como todas as vezes diante da lembrança da fumaça, do fedor e dos rostos opacos, sem fala, sem visão. E Kossil podia ir até a Sala das Correntes. — Ele... ele deve ficar no Labirinto, para que não recupere o poder da feitiçaria. Onde existe uma sala...

— A Sala Pintada tem uma porta, e uma tranca... e uma fresta de observação, senhora. Se você confia nele em relação às portas.

— Ele não tem poderes aqui embaixo. Leve-o até lá, Manan.

Então Manan o arrastou de volta, até metade do caminho que tinham percorrido, esforçando-se e ofegando demais para protestar. Quando, por fim, entraram na Sala Pintada, Arha tirou o manto de lã longo e pesado de inverno e o estendeu no chão empoeirado.

— Coloque-o em cima — instruiu ela.

Manan ficou olhando fixamente, com consternação melancólica, ofegando.

— Pequena senhora...

— Quero que o homem viva, Manan. Ele vai morrer de frio, veja como ele está tremendo.

— Sua vestimenta será contaminada. A vestimenta da Sacerdotisa. Ele é um ímpio, um homem — Manan falou sem pensar, com os olhinhos apertados como se estivesse com dor.

— Então queimarei o manto e mandarei tecer outro! Ande, Manan!

Com isso, ele se abaixou, obediente, e deixou o prisioneiro cair de costas no manto preto. O homem manteve-se inerte como a morte, mas a pulsação batia forte em sua garganta e, vez ou outra, um espasmo fazia o corpo tremer.

— Ele deveria ser acorrentado — sugeriu Manan.

— Ele parece perigoso? — Arha zombou; mas, quando Manan apontou uma argola de ferro fixada nas pedras, à qual o prisioneiro poderia ser aferrado, ela deixou que ele buscasse uma corrente e uma cinta na Sala das Correntes. Manan resmungou pelos corredores, murmurando as direções para si mesmo; já tinha ido e vindo da Sala Pintada antes, mas nunca sozinho.

Sob a luz da única lamparina de Arha, as pinturas nas quatro paredes pareciam se mover, se contorcer, as formas humanas grosseiras, com grandes asas caídas, agachadas ou em pé em uma monotonia atemporal.

Ela se ajoelhou e deixou a água cair, um pouco de cada vez, na boca do prisioneiro. Por fim, ele tossiu, suas mãos se estenderam, fracas, para o cantil. Ela deixou que o homem bebesse. Ele se deitou com o rosto todo molhado, sujo de poeira e sangue, e murmurou alguma coisa, uma ou duas palavras em um idioma que ela não conhecia.

Manan enfim voltou, puxando uma série de elos de ferro, um grande cadeado com chave e uma cinta de ferro encaixada em volta da cintura do homem e presa ali.

— Não está apertada o suficiente, ele pode escapar — reclamou Manan ao prender o último elo ao aro fixado na parede.

— Não, olhe. — Sentindo menos medo do prisioneiro agora, Arha mostrou que não podia passar a própria mão entre a cinta de ferro e as costelas do homem. — Não, a menos que ele passe fome por mais de quatro dias.

— Pequena senhora — falou Manan, rabugento. — Não discuto, mas... de que adianta tê-lo como escravo dos Inominados? Ele é um homem, pequena.

— E você é um velho tolo, Manan. Venha aqui agora, chega de criar confusão.

O prisioneiro os observava com olhos brilhantes e cansados.

— Onde está o cajado dele, Manan? Ali. Vou levar isso; ele carrega magia. Ah, e isso; vou levar isso também. — E, com um movimento rápido, ela agarrou a corrente de prata que aparecia na gola da túnica do homem e puxou-a por cima da cabeça dele, mas o homem tentou segurar os braços dela e impedi-la. Manan o chutou nas costas. Arha balançou a corrente diante dele, fora de seu alcance.

— Este é o seu talismã, feiticeiro? É precioso para você? Não parece muito, você não pode comprar um melhor? Vou guardá-lo em segurança para você. — E ela deslizou a corrente sobre a própria cabeça, escondendo o pingente sob a gola pesada da veste de lã.

— Você não sabe o que fazer com isso — protestou o homem, muito rouco, e pronunciando mal, mas com bastante nitidez, as palavras da língua karginesa.

Manan o chutou de novo, o que o fez soltar um grunhido curto de dor e fechou os olhos.

— Pare, Manan. Venha.

Ela saiu da sala. Resmungando, Manan seguiu-a.

Naquela noite, quando todas as luzes do Lugar estavam apagadas, ela subiu a colina outra vez, sozinha. Encheu o cantil com água do poço na sala atrás do Trono e levou a água e um grande pedaço de pão ázimo de trigo-sarraceno para a Sala Pintada, no Labirinto. Deixou-os ao alcance do prisioneiro, do lado interno da porta. Ele dormia e nem se mexeu. Ela voltou para a Edícula e, naquela noite, também dormiu longa e profundamente.

No início da tarde, Arha voltou sozinha ao Labirinto. O pão desaparecera, o cantil estava seco, o estranho estava sentado, com as costas contra a parede. Seu rosto ainda parecia horrível, cheio de sujeira e crostas, mas a expressão era de alerta.

Ela ficou do outro lado da sala onde, como ele estava acorrentado, não poderia alcançá-la, e o observou. Depois, desviou o olhar. Mas não havia nenhum ponto especial para o qual olhar. Algo a impedia de falar. O coração dela batia como se estivesse com medo. Não havia razão para temê-lo. O homem estava à sua mercê.

— É agradável ter luz — disse ele com a voz grave, mas profunda, que a inquietava.

— Qual é o seu nome? — perguntou ela, peremptória. Sua própria voz, pensou, soava incomumente alta e fina.

— Bem, na maior parte do tempo sou chamado de Gavião.

— Gavião? Esse é o seu nome?

— Não.

— Qual é o seu nome, então?

— Não posso lhe dizer. Você é a Sacerdotisa Una das Tumbas?

— Sim.

— Como você é chamada?

— Sou chamada de Arha.

— Aquela que foi devorada, é isso que significa? — Os olhos escuros dele a observavam com atenção. Ele sorria um pouco. — Qual é o seu nome?

— Não tenho nome. Não me faça perguntas. De onde você vem?

— Das Terras Centrais, do oeste.

— De Havnor?

Era o único nome de cidade ou ilha das Terras Centrais que ela conhecia.

— Sim, de Havnor.

— Por que veio para cá?

— As Tumbas de Atuan são famosas entre meu povo.

— Mas você é um pagão, um ímpio.

Ele balançou a cabeça.

— Ah, não, Sacerdotisa. Acredito nos poderes das trevas! Encontrei-me com os Nunca Nomeados em outros lugares.

— Que outros lugares?

— No Arquipélago, nas Terras Centrais, há lugares, como este, que pertencem aos Antigos Poderes da Terra. Mas nenhum tão grande como este. Em nenhum outro lugar tais poderes têm um templo, uma sacerdotisa e uma adoração como a que recebem aqui.

— Você veio para adorá-los — zombou ela.

— Vim para roubá-los — afirmou ele.

Ela o encarou.

— Calhorda!

— Eu sabia que não seria fácil.

— Fácil! Isso não pode ser feito. Se você não fosse um ímpio, saberia disso. Os Inominados cuidam do que é deles.

— O que procuro não é deles.

— Com certeza, é seu?

— Meu por direito.

— O que você é, então, um deus? Um rei? — Ela o mediu de cima a baixo, enquanto ele estava sentado acorrentado, sujo, exausto. — Você não passa de um ladrão!

Ele ficou em silêncio, mas seu olhar encontrou o dela.

— Você não pode olhar para mim! — afirmou Arha, em tom estridente.

— Minha senhora — disse ele —, não tenho intenção de ofender. Sou um estranho e um intruso. Não conheço seus costumes nem as cortesias devidas à Sacerdotisa das Tumbas. Estou à sua mercê e peço-lhe perdão se a ofendi.

Ela permaneceu em silêncio e, por um instante, sentiu o sangue subindo pelas bochechas, quente e inoportuno. Mas o homem não a estava fitando e não a viu corar. Havia obedecido e desviado o olhar sombrio.

Nenhum dos dois disse nada por um momento. As figuras pintadas por todos os lados os observavam com olhos tristes, cegos.

Ela havia trazido um jarro de pedra com água. Os olhos dele se desviaram para o objeto e, depois, Arha disse:

— Beba, se quiser.

No mesmo instante ele se deslocou até o jarro e, erguendo-o com tanta delicadeza quanto se fosse um copo de vinho, bebeu um gole bem longo. Em seguida, molhou a ponta da manga e limpou a sujeira, o coágulo de sangue e a teia de aranha do rosto e das mãos o melhor que pôde. Gastou algum tempo com isso, e a garota observou. Quando terminou, tinha uma aparência melhor, mas o banho de gato revelara as cicatrizes em um dos lados do rosto: cicatrizes antigas há muito curadas, esbranquiçadas na pele negra, quatro sulcos paralelos do olho ao maxilar, como arranhões de uma garra enorme.

— O que é isso? — perguntou ela. — Essa cicatriz.

Ele não respondeu de pronto.

— Um dragão? — arriscou a garota, tentando escarnecer. Afinal, não fora até lá para zombar de sua vítima, para atormentá-la com sua impotência?

— Não, não foi um dragão.

— Pelo menos, você não é um Senhor dos Dragões, então.

— Não — respondeu, relutante. — Eu *sou* um Senhor dos Dragões. Mas as cicatrizes são anteriores. Contei que já havia me encontrado com os Poderes das Trevas antes, em outros lugares da terra. Isso em meu rosto é a marca de um dos parentes dos Inominados. Mas que não é mais inominado, pois descobri o nome dele, no final.

— O que você quer dizer? Que nome?

— Não posso lhe contar — respondeu, e sorriu, embora a expressão fosse séria.

— Isso é conversa fiada, bobagem, sacrilégio. Eles são os Inominados! Você não sabe do que está falando...

— Sei ainda mais do que você, Sacerdotisa — respondeu com a voz cada vez mais grave. — Olhe de novo! — Ele virou a cabeça para que ela pudesse ver as quatro marcas terríveis em sua bochecha.

— Não acredito em você — afirmou, em voz trêmula.

— Sacerdotisa — falou ele, com gentileza —, você não tem muita idade; não pode estar a serviço dos Tenebrosos há muito tempo.

— Mas estou. Há muito tempo! Sou a Suma Sacerdotisa, a Renascida. Estou a serviço de meus mestres há mil anos, e há mil anos antes disso. Sou a serva, a voz e as mãos deles. E sou a vingança deles contra os que contaminam as Tumbas e olham para o que não se deve ver! Pare de mentir e de se vangloriar! Não percebe que, se eu disser uma palavra, meu guarda virá e cortará a cabeça sobre os seus ombros? Ou se eu for embora e trancar esta porta, ninguém virá, nunca, e você morrerá aqui, na escuridão, e aqueles a quem sirvo devorarão sua carne e sua alma e deixarão seus ossos aqui no pó?

Calado, ele assentiu.

Ela balbuciou e, não encontrando mais nada a dizer, saiu da sala e trancou a porta atrás de si, com uma barulheira metálica. Ele que pensasse que ela não voltaria! Ele que suasse ali, na escuridão, que praguejasse, tiritasse, tentasse realizar seus feitiços profanos e inúteis!

Contudo, mentalmente, Arha o vislumbrou se espreguiçando para dormir, como o vira fazer junto à porta de ferro, sereno como uma ovelha em uma campina ensolarada.

Ela cuspiu na porta aferrolhada, fez o sinal para evitar a profanação e praticamente correu para a Catacumba.

Enquanto margeava as paredes do recinto a caminho do alçapão do Salão, seus dedos roçavam as rochas enfim aplainadas e enfeitadas como renda congelada. O desejo de acender a lamparina, para ver, mais uma vez, só por um instante, a pedra esculpida pelo tempo, o lindo brilho das paredes, a arrebatou. Ela fechou os olhos, apertando-os, e apressou o passo.

CAPÍTULO 7

O GRANDE TESOURO

Nunca os ritos e deveres do dia pareceram tão numerosos, tão irrelevantes e tão demorados. As garotinhas de rostos pálidos e modos dissimulados, as noviças inquietas, as sacerdotisas cujos olhares eram severos e frios, mas cuja vida era uma secreta confusão de ciúmes e tormentos, pequenas ambições e paixões desperdiçadas: todas essas mulheres, entre as quais ela sempre viveu e que compunham o mundo humano para ela, agora lhe pareciam ao mesmo tempo dignas de pena e enfadonhas.

Mas aquela que servia aos grandes poderes, ela, a sacerdotisa da Noite sombria, estava livre dessa irrelevância. Ela não precisava se importar com a sordidez rotineira da vida comum, com os dias em que o único prazer era, provavelmente, receber uma porção maior de gororoba de cordeiro com lentilhas do que a da vizinha... Ela estava completamente livre dos dias. No subsolo, não havia dias. Havia apenas e tão somente a noite.

Naquela noite sem fim, o prisioneiro: o homem negro, praticante de artes das trevas, aferrolhado e trancado em pedra, aguardando-a, viesse ela ou não, para lhe trazer água, pão e vida, ou uma faca, uma bacia de açougueiro e morte, conforme os caprichos dela.

Ela não havia contado a ninguém, além de Kossil, sobre o homem, e Kossil não havia contado a mais ninguém. O prisioneiro estava na Sala Pintada há três noites e três dias, e ela ainda não havia perguntado a Arha sobre ele. Talvez presumisse que ele estava morto, e que Arha fizera Manan carregar o corpo para a Sala dos Ossos. Não era típico de Kossil tomar nada como garantido; mas Arha disse a si mesma que nada havia de estranho no silêncio de Kossil, que desejava que tudo fosse mantido em segredo e odiava precisar fazer perguntas. Além disso, Arha lhe dissera que não se intrometesse em suas atividades. Kossil só estava obedecendo.

No entanto, se o homem devia estar morto, Arha não poderia pedir comida para ele. Assim, além de roubar maçãs e cebolas desidratadas dos porões do Casarão, ela ficava sem comida. Ela pedia que suas refeições matinais e noturnas fossem levadas à Edícula, fingindo querer comer sozinha, e todas as noites levava a comida para a Sala Pintada no Labirinto, tudo menos as sopas. Ela estava acostumada a jejuns de um a quatro dias, e não se importava. O sujeito do Labirinto engolia as escassas porções de pão, queijo e feijão como um sapo engole uma mosca: em uma bocada! E lá se fora. Poderia, evidentemente, ter feito isso cinco ou seis vezes; mas agradecia a ela com educação, como se fosse o convidado e ela a anfitriã em uma mesa, como nas histórias que ela ouvira sobre as festas no palácio do Deus-Rei, todas servidas com carnes assadas e pães amanteigados e vinho em taças de cristal. Ele era muito estranho.

— Como são as Terras Centrais?

Ela havia trazido uma banqueta de marfim com pernas cruzadas e dobráveis para que não precisasse ficar de pé nem se sentar no chão, no mesmo nível que ele, enquanto o interrogava.

— Bem, há muitas ilhas. Quatro vezes quarenta, dizem, só no Arquipélago, e depois há os Extremos; nenhum homem jamais navegou por todos os Extremos nem contou todas as terras. E cada uma é diferente da outra. Mas a mais bela de todas talvez seja Havnor, a grande terra no centro do mundo. No coração de Havnor, em uma ampla baía cheia de navios, fica a Cidade de Havnor. As torres da cidade são construídas em mármore branco. As casas de todos os príncipes e mercadores têm uma torre, que se erguem umas sobre as outras. Os telhados são de telha vermelha e todas as pontes sobre os canais são cobertas de mosaico, vermelho, azul e verde. E as bandeiras dos príncipes são de todas as cores e tremulam no cume das torres brancas. A mais alta de todas as torres, a Espada de Erreth-Akbe, estende-se, como um pináculo, para o céu. Quando o sol nasce em Havnor, ele ilumina primeiro aquela lâmina e a faz brilhar e, quando se põe, a Espada ainda permanece dourada até a noite, por um tempo.

— Quem foi Erreth-Akbe? — perguntou ela, astuciosa.

Ele a fitou. Não disse nada, mas sorriu um pouco. Então, como se mudasse de ideia, ele falou:

— É verdade, vocês saberiam pouco a respeito dele aqui. Não mais do que a vinda dele às terras karginesas, talvez. E o que você sabe dessa história?

— Que ele perdeu o cajado de ocultista, o amuleto e o poder... assim como você — respondeu ela. — Ele escapou do Sumo Sacerdote e fugiu para o oeste, e os dragões o mataram. Mas, se ele tivesse vindo até as Tumbas daqui, não haveria necessidade de dragões.

— É verdade — concordou o prisioneiro.

Ela não quis mais conversar sobre Erreth-Akbe, sentindo que o assunto era perigoso.

— Dizem que ele era um Senhor dos Dragões. E você diz que é outro. Explique para mim o que é um Senhor dos Dragões?

O tom dela era sempre zombeteiro; as respostas dele, diretas e simples, como se aceitasse as perguntas com ingenuidade.

— Aquele com quem os dragões vão falar — respondeu — é um Senhor dos Dragões ou, pelo menos, esse é o cerne da questão. Não é um truque de dominação de dragões, como pensa a maioria das pessoas. Dragões não têm mestres. Diante de um dragão, a pergunta é sempre a mesma: ele vai falar com você ou vai devorá-lo? Se pode contar que ele terá a primeira atitude e não a segunda, você é um Senhor dos Dragões.

— Dragões podem falar?

— Com certeza! Na Mais Antiga das Línguas, a língua que nós, homens, aprendemos com tanta dificuldade e usamos pausadamente para dizer nossas palavras mágicas e padrões. Nenhuma pessoa conhece essa língua por inteiro, nem um décimo dela. Ela não tem tempo para aprender. Mas os dragões vivem mil anos... Vale a pena conversar com eles, como você pode imaginar.

— Existem dragões aqui em Atuan?

— Há muitos séculos que não, eu acho, nem em Karego-At. Mas na ilha mais ao norte, Hur-at-Hur, alegam que ainda existem grandes dragões nas montanhas. Nas Terras Centrais, todos eles se mantêm agora no oeste mais longínquo, o remoto Extremo Oeste, em ilhas onde ninguém habita e que poucas pessoas visitam. Se sentem fome, os dragões atacam as terras a leste; mas isso é raro. Vi a ilha na qual se reúnem para dançar. Eles voam com as grandes asas, em espiral, para dentro e para fora, cada vez mais alto, sobre o mar do oeste, como uma tempestade de folhas amarelas no outono.

— Tomados pela visão, os olhos dele enxergavam para além das pinturas sombrias nas paredes, para além das paredes, da terra e da escuridão, vendo o mar aberto se estender infinito ao pôr do sol, os dragões dourados no vento dourado.

— Você está mentindo — a garota disse com ferocidade —, você está inventando.

Ele a olhou, assustado.

— Por que eu mentiria, Arha?

— Para fazer com que eu me sinta ridícula, tonta e assustada. Para parecer sábio, corajoso, poderoso, um Senhor dos Dragões, isso e aquilo. Você viu dragões dançando e torres em Havnor, e sabe tudo de tudo. E eu não sei nada e não estive em lugar algum. Mas tudo o que você sabe são mentiras! Você é apenas um ladrão e um prisioneiro, e não tem alma, e nunca mais sairá deste lugar. Pouco importa que existam oceanos, dragões, torres brancas e tudo isso, porque você nunca mais verá nada, nunca mais verá a luz do sol. Tudo o que conheço é a escuridão, a noite subterrânea. E só isso existe de fato. No final das contas, só existe isso a se conhecer. Você sabe de tudo, feiticeiro. Mas sei uma coisa só: a única coisa verdadeira!

Ele inclinou a cabeça. Suas mãos compridas, marrom-acobreadas, repousavam imóveis sobre os joelhos. Ela viu a cicatriz quádrupla na face do homem. Ele fora mais longe do que ela no escuro; ele conhecia a morte melhor do que ela, até mesmo a morte... Um rompante de ódio cresceu dentro de Arha, sufocando sua garganta por um instante.

Por que ele ficava sentado ali tão indefeso e tão forte? Por que ela não era capaz de o destruir?

— Por isso deixei você sobreviver — falou ela de repente, sem a menor premeditação. — Quero que me mostre como os truques dos ocultistas são realizados. Enquanto tiver alguma arte para me mostrar, permanecerá vivo. Se não tiver nenhuma, se for tudo tolice e mentiras, acabarei com você. Entendeu?

— Sim.

— Ótimo. Continue.

Ele apoiou a cabeça nas mãos por um minuto e mudou de posição. O cinto de ferro o impedia de ficar confortável o bastante, a menos que se deitasse.

Por fim, ele ergueu o rosto e falou, muito sério.

— Ouça, Arha. Sou um Mago, o que você chama de ocultista. Detenho certas artes e poderes. Isso é verdade. Também é verdade que aqui, no Lugar dos Antigos Poderes, minha força é muito pequena e meus ofícios não me servem. Mas eu poderia realizar ilusionismos e mostrar a você todos os tipos de maravilhas. Essa é a menor parte da feitiçaria. Eu já podia realizar ilusionismos quando criança: posso realizá-los até mesmo aqui. Mas, caso acredite neles, vai se assustar e pode querer me matar se o medo despertar sua raiva. E, caso não acredite neles, os verá apenas como mentiras e tolices, como você diz; e assim também perco a vida. E meu propósito e desejo, no momento, é permanecer vivo.

Isso a fez rir, e ela disse:

— Ah, você vai ficar vivo por algum tempo, não percebeu? Você é tonto! Tudo bem, me mostre esses ilusionismos. Sei que são falsos e não terei medo. Não teria medo se fossem reais, na verdade. Mas vá em frente. Sua pele preciosa está salva, pelo menos esta noite.

Ele riu disso, como ela havia feito um momento antes. Ambos jogavam a vida dele de um lado para o outro como uma bola, brincando.

— O que deseja que lhe eu mostre?

— O que pode me mostrar?

— Qualquer coisa.

— Sempre se gabando!

— Não — discordou ele, um pouco ressentido. — Não. Ao menos, não tive essa intenção.

— Mostre-me algo que ache que valha a pena ver. Qualquer coisa!

Ele inclinou a cabeça e olhou para as mãos por certo tempo. Nada aconteceu. A cera da vela dela queimava, fraca e constante. As pinturas pretas nas paredes, as figuras com asas de pássaros e que não voavam, com olhos pintados de vermelho e branco opaco, pairavam sobre os dois. Não havia som. Ela suspirou, desapontada e um pouco pesarosa. Ele estava fraco; prometia coisas grandiosas, mas não fazia nada. Não fazia nada além de mentir bem, nem mesmo roubava bem.

— Certo — afirmou, enfim, e segurou as saias para se levantar. A lã farfalhava estranhamente conforme ela se movia. Arha olhou para si mesma e ficou em pé, espantada.

O preto pesado que usava há anos havia sumido; o vestido era de seda turquesa, radiante e delicado como o céu vespertino. Abria-se como um sino nos quadris e a saia era bordada em finos fios de prata, com pérolas e pequenas partículas de cristal, por isso, brilhava delicadamente como chuva de abril.

Ela olhou para o mágico, sem palavras.

— Você gostou?

— Onde...

— É parecido com o vestido que vi uma princesa usar certa vez, na Festa do Regresso do Sol no Palácio Novo de Havnor — explicou ele, contemplando o vestido, satisfeito. — Você me disse para lhe mostrar algo que valesse a pena ver. Mostro você mesma.

— Faça... Faça isso desaparecer.

— Você me deu seu manto — afirmou ele, em tom de reprovação. — Não posso retribuir com nada? Certo, não se preocupe. É apenas ilusão. Veja.

Ele não pareceu levantar um dedo, com certeza não disse nem uma palavra; mas o esplendor azul da seda se foi, e ela estava na roupa preta e áspera.

Ela permaneceu imóvel por um tempo.

— Como posso saber — falou ela, por fim — que você é o que parece ser?

— Não pode — afirmou ele. — Não sei o que pareço para você.

Ela refletiu de novo.

— Você poderia me enganar para que eu o visse como... — Ela se deteve, pois ele havia levantado a mão e apontado para cima, com o breve esboço de um gesto. Pensou que o homem estava lançando um feitiço e recuou depressa até a porta; mas, acompanhando aquele gesto, os olhos dela encontraram, no alto do teto escuro e arqueado, o pequeno quadrado que era a fresta de observação localizada no tesouro do templo dos Deuses Gêmeos.

Não havia luz na fresta; ela não podia ver nada nem ouvir ninguém lá em cima; mas ele havia apontado e mantinha sobre ela um olhar questionador.

Ambos se mantiveram completamente imóveis por algum tempo.

— Sua magia é mera tolice para os olhos das crianças — afirmou ela, em termos claros. — É trapaça e mentira. Já vi o suficiente. Você será oferecido como alimento aos Inomináveis. Não voltarei mais.

Ela pegou a lamparina e saiu, encaixando as trancas de ferro em suas casas, de forma firme e ruidosa. Então, parou do lado externo da porta e continuou ali, estarrecida. O que ela deveria fazer?

O que Kossil tinha visto ou ouvido? O que eles estavam falando? Ela não conseguia se lembrar. Parecia que ela nunca dizia o que pretendia dizer ao prisioneiro, que sempre a confundia com conversas sobre dragões e torres, e dar nomes aos Inomináveis, e querer permanecer vivo, e ser grato por ter o manto dela para se deitar. Ele nunca dizia o que deveria dizer. Ela nem lhe perguntou sobre o talismã, que ela ainda usava, escondido junto ao peito.

Melhor assim, já que Kossil estava ouvindo.

Bem, que importância tinha aquilo, que mal Kossil poderia fazer? No instante mesmo em que se perguntava isso, ela soube a resposta. Nada é mais fácil de matar do que um gavião enjaulado. O homem estava indefeso, acorrentado na jaula de pedra. A Sacerdotisa do Deus-Rei só precisava enviar seu servo, Duby, para estrangulá-lo à noite; ou, caso ela e Duby não conhecessem o Labirinto até aquele ponto, bastava soprar pó venenoso pela fresta de observação da Sala Pintada. Ela tinha caixas e frascos de substâncias maléficas, algumas para envenenar comida ou água, algumas que intoxicavam o ar e matavam, se alguém respirasse aquele ar por muito tempo. Ele estaria morto pela manhã, e tudo estaria acabado. Nunca mais haveria luz lá embaixo, nas Tumbas.

Arha apressou o passo pelos estreitos caminhos de pedra até a entrada da Catacumba, onde Manan a esperava pacientemente, agachado no escuro como um sapo velho. Ele estava preocupado com as visitas dela ao prisioneiro. Ela não queria deixar que ele a acompanhasse por todo o caminho, então, os dois concordaram no meio-termo. Agora, ela estava feliz por ele estar nas imediações. Nele, pelo menos, podia confiar.

— Manan, escute. Você precisa ir até a Sala Pintada agora. Diga ao homem que o está levando para ser enterrado vivo sob as Tumbas. — Os olhinhos de Manan se iluminaram. — Diga isso em voz alta. Solte a corrente e o leve para... — Ela parou, pois ainda não decidira onde poderia esconder melhor o prisioneiro.

— Para a Catacumba — falou Manan, ansioso.

— Não, seu tonto. Falei para dizer isso, não para fazer. Espere...

Que lugar estava a salvo de Kossil e de suas espiadelas? Nenhum, exceto os lugares subterrâneos mais profundos, os mais sagrados e ocultos do domínio dos Inomináveis, onde ela não ousava ir. Mesmo assim, será que Kossil não ousaria praticamente qualquer coisa? Ela poderia ter medo dos lugares escuros, mas era alguém que dominaria o medo a fim de conquistar seu objetivo. Não havia como determinar quanto do traçado do Labirinto ela podia realmente ter aprendido com Thar e com a Arha da vida anterior, ou mesmo em suas próprias explorações secretas em anos anteriores; Arha suspeitava que ela sabia mais do que fingia saber. Mas havia um caminho que ela com certeza não havia aprendido, o segredo mais bem guardado.

— Você deve levar o homem para onde vou levar você, e deve fazê-lo no escuro. Então, quando eu trouxer você de volta aqui, deverá cavar uma cova na Catacumba, fará um caixão e o colocará na cova vazia, e jogará a terra de volta, mas para que possa ser sentida e encontrada se alguém a procure. Uma sepultura profunda. Entendeu?

— Não — respondeu Manan, desanimado e irritado. — Pequena, esse truque não é prudente. Não é bom. Um homem não deve ficar aqui! Virá um castigo...

— Um velho tonto terá a língua cortada, isso sim! Você ousa me dizer o que é prudente? Sigo as ordens dos Poderes das Trevas. Venha comigo!

— Sinto muito, pequena senhora, sinto muito...

Ambos voltaram à Sala Pintada. Lá, Arha esperou do lado de fora no túnel, enquanto Manan entrava e destravava a corrente do gancho na parede. Ela ouviu a voz profunda perguntar:

— Para onde, dessa vez, Manan?

E o contralto rouco respondeu, mal-humorado:

— Você deve ser enterrado vivo, minha senhora mandou. Sob as Lápides. Levante-se! — Ela ouviu a corrente pesada estalar como um chicote.

O prisioneiro saiu, tinha os braços atados pelo cinto de couro de Manan. Atrás dele vinha Manan, que o segurava como a um cachorro em uma coleira curta, mas a coleira estava na cintura e era de ferro. Os olhos do prisioneiro se voltaram para ela, mas Arha apagou a vela e, sem qualquer palavra, avançou na escuridão. Ela se ajustou de imediato ao ritmo lento, mas bastante firme, que costumava manter quando não usava luz no Labirinto, roçando a ponta dos dedos com muita leveza, mas quase constantemente, nas paredes de ambos os lados. Manan e o prisioneiro seguiram atrás, muito mais desajeitados por causa da coleira, arrastando os pés e cambaleando pelo percurso. Porém, tinham de seguir na escuridão, pois a garota não queria que nenhum dos dois aprendesse aquele caminho.

Entrar no desvio à esquerda da Sala Pintada e passar duas aberturas; nos Quatro Caminhos, entrar à direita e passar a primeira abertura à direita; depois, um longo caminho curvo e descer um lance longo de degraus escorregadios e estreitos demais para pés humanos comuns. Além daqueles degraus, ela nunca tinha ido.

O ar ali era muito ruim, muito parado e com odor forte. As direções estavam nítidas em sua mente, bem como o tom de voz de Thar recitando-as. Descer os degraus (atrás dela, o prisioneiro tropeçou na escuridão, e ela o ouviu ofegar quando Manan o segurou com um puxão forte na corrente) e, ao pé da escada, virar à esquerda. Depois, manter-se à esquerda passando por três aberturas, aí entrar na primeira à direita e manter-se à direita. Os túneis eram curvados e inclinados, nenhum era reto. "Então você deve contornar o Fosso", disse a voz de Thar na escuridão da mente de Arha, "e o caminho é muito estreito."

Ela diminuiu o passo, inclinou-se, sentindo o chão à frente com a mão. O corredor agora seguia reto por um longo caminho, dando falsas garantias aos caminhantes. De repente, a mão tateante, que não parava de tocar e varrer a rocha à frente, não sentiu nada. Havia uma abertura na pedra, uma borda: além da borda, o vazio. À direita, a parede do corredor mergulhava por completo no fosso. À esquerda havia uma saliência ou meio-fio, com pouco mais de um palmo de largura.

— Tem um fosso. Fique de frente para a parede à esquerda, colado nela e vá de lado. Deslize os pés. Segure a corrente, Manan... Você está na borda? Ela vai ficar mais estreita. Não coloque seu peso nos calcanhares. Pronto, passei o fosso. Estenda a sua mão. Aqui...

O túnel corria em ziguezagues curtos com várias aberturas laterais. De algumas delas, o som de seus passos ecoava de maneira estranha, oca, conforme passavam; e mais estranho ainda, uma corrente de ar muito fraca podia ser sentida, sendo sugada para dentro. Tais corredores deviam terminar em fossos como aquele por onde haviam passado. Talvez houvesse, sob aquela parte baixa do Labirinto, um espaço oco, um enorme vazio tenebroso, uma caverna tão profunda e tão vasta que, se comparada a ela, a caverna da Catacumba seria pequena.

Mas, passada a vala, os corredores escuros por onde seguiram foram ficando cada vez mais estreitos e mais baixos, até um ponto em que até mesmo Arha teve de se curvar. Não havia fim para aquele caminho?

O fim surgiu de repente: uma porta fechada. Agachada, um pouco mais depressa do que de costume, Arha avançou. Inclinando-se, e um pouco mais rápido do que o normal, correu contra a porta, agitando a cabeça e as mãos. Tateou em busca do buraco da fechadura, depois em busca da chave pequena na argola do cinto, nunca usada, a chave de prata com o cabo em forma de dragão. Encaixou-a, virou-a. Abriu a porta do Grande Tesouro das Tumbas de Atuan. Um ar seco, azedo, viciado e rançoso saiu, num bafejo, pela escuridão.

— Manan, você não pode entrar aqui. Espere do lado de fora.

— Ele sim, mas eu, não?

— Se você entrar nesta sala, Manan, não sairá. É a lei para todos, menos para mim. Nenhum ser mortal, exceto eu, já saiu vivo deste recinto. Você vai entrar?

— Vou esperar do lado de fora — respondeu a voz melancólica na escuridão. — Senhora, senhora, não feche a porta…

O alerta dele a enervou tanto que ela a deixou entreaberta. De fato, o lugar a enchia de um pavor abafado e ela sentia certa desconfiança do prisioneiro, embora ele estivesse de mãos atadas. Uma vez lá dentro, Arha acendeu a luz. As mãos tremiam. A vela da lamparina se acendeu com dificuldade; o ar era opressivo e parado. Na centelha amarelada que parecia radiante após os longos percursos na noite, a sala do tesouro se agigantava sobre ambos, cheia de sombras em movimento.

Havia seis grandes baús, todos de pedra, todos grossos e cobertos com uma poeira fina e cinzenta como bolor de pão; nada mais. As paredes eram ásperas; o teto, baixo. O lugar era gélido, de um frio profundo e abafado que parecia parar o sangue no coração. Não havia teias de aranha, apenas poeira. Nada sobrevivia ali, absolutamente nada, nem mesmo as raras aranhazinhas brancas do Labirinto. A poeira era espessa, espessa, e cada um dos grãos poderia ser de um dia que havia transcorrido ali onde não havia tempo ou luz: dias, meses, anos, eras, tudo virando pó.

— Este é o lugar que você procurava — anunciou Arha, e a voz era firme. — Este é o Grande Tesouro das Tumbas. Você o alcançou. E nunca poderá sair dele.

O prisioneiro não disse nada, o rosto estava impassível, mas algo nos olhos dele a comoveu: uma desolação, a expressão de quem foi traído.

— Você disse que queria ficar vivo. Este é o único lugar que conheço onde pode permanecer vivo. Kossil vai matá-lo ou me obrigar a matá-lo, Gavião. Mas aqui ela não consegue chegar.

Ele não se pronunciou.

— De qualquer modo, você nunca conseguiria sair das Tumbas, não percebe? Isto aqui não é diferente. E pelo menos você chegou... ao fim de sua jornada. O que buscava está aqui.

Ele se sentou em um dos grandes baús, parecendo exausto. A corrente arrastada tilintou, áspera, na pedra. Ele observou as paredes cinzentas, as sombras ao redor e depois Arha.

Ela desviou o olhar para os baús de pedra. Não tinha o menor desejo de abri-los. Não se importava com as maravilhas que apodreciam neles.

— Você não precisa usar essa corrente aqui. — Ela se aproximou, destrancou a cinta de ferro e soltou dos braços dele o cinto de couro de Manan. — Preciso trancar a porta, mas, quando eu voltar, confiarei em você. Você sabe que *não pode* sair, que não deve tentar? Sou a vingança deles, faço a vontade deles; mas, se eu os trair, se você trair minha confiança, eles vão se vingar. Você não deve tentar sair da sala, seja me machucando ou me enganando quando eu voltar. Você tem de acreditar em mim.

— Farei o que você mandar — afirmou ele, com brandura.

— Vou trazer comida e água quando puder. Não haverá muito. Água o suficiente, mas não muita comida por um tempo. Estou ficando com fome, você entende? Mas haverá o suficiente para continuar vivo. Talvez eu não consiga voltar antes de um ou dois dias, talvez até mais. Preciso despistar Kossil. Mas vou voltar. Prometo. Aqui está o cantil. Economize, não posso voltar em breve. Mas vou voltar.

Ele ergueu o rosto para ela. Sua expressão era estranha.

— Cuide-se, Tenar — disse ele.

CAPÍTULO 8
NOMES

Ela levou Manan de volta pelos caminhos sinuosos na escuridão e o deixou na Catacumba escura, para cavar a sepultura que deveria estar ali a fim de provar a Kossil que o ladrão tinha sido mesmo castigado. Era tarde e ela foi direto à Edícula para dormir. Acordou bruscamente no meio da noite, lembrando-se de que havia deixado seu manto na Sala Pintada. Ele não teria nada com que se aquecer na cripta úmida, exceto o manto curto que usava, e como cama apenas a pedra empoeirada. Uma sepultura fria, uma sepultura fria, pensou, com tristeza, mas estava muito cansada para despertar por completo e logo caiu no sono outra vez. Começou a sonhar. Sonhou com as almas dos mortos nas paredes da Sala Pintada, as figuras, como grandes aves desgrenhadas com mãos, pés e rostos humanos, acocoradas na poeira dos Refúgios Sombrios. Não podiam voar. A terra era a comida que tinham; a poeira, a água. Eram as almas dos não renascidos, de povos antigos e dos ímpios, aqueles que os Inomináveis devoraram. Eles se acocoravam ao redor dela nas sombras e de vez em quando produziam um som, um gorjeio, um chiado. Uma das almas chegou muito perto. Ela teve medo no começo, e tentou se afastar, mas não conseguiu se mexer. A silhueta tinha cabeça de ave, não de ser humano, mas a penugem era dourada e ela dizia, em voz feminina, "Tenar", em tom terno e baixo, "Tenar".

Ela acordou. Tinha a boca cheia de terra. Estava deitada em uma tumba subterrânea de pedra. Os braços e as pernas atados com mortalhas e sem conseguir se mover nem falar.

O desespero cresceu tanto que abriu seu peito e, como um pássaro de fogo, rompeu a pedra e emergiu à luz do dia: a luz fraca da manhã em seu quarto sem janelas.

Então, acordada de verdade, se sentou, exausta pelos sonhos da noite, com a mente enuviada. Vestiu-se e foi até a cisterna do pátio murado da Edícula. Mergulhou os braços, o rosto, toda a cabeça, na água gelada até que o corpo deu um salto de frio e seu sangue circulou mais rápido. Depois, jogando para trás o cabelo encharcado, ela se ergueu e observou o céu da manhã.

O sol nascera pouco antes, era um belo dia de inverno. O céu estava amarelado, muito claro. No alto, tão alto que absorvia a luz do sol e ardia como uma partícula de ouro, uma ave voava em círculos, um gavião ou uma águia do deserto.

— Sou Tenar — disse ela, mas não em voz alta, trêmula de frio, terror e entusiasmo, sob o céu aberto e banhado pelo sol. — Recuperei meu nome. Eu sou Tenar!

A partícula de ouro desviou para o oeste em direção às montanhas, desaparecendo de vista. O nascer do sol dourava os beirais da Edícula. Sinos de ovelhas ressoaram nos redis. Os odores de fumaça de lenha e mingau de trigo-sarraceno das chaminés da cozinha flutuavam no vento puro e fresco.

— Estou com tanta fome… Como ele sabia? Como ele sabia meu nome? Ah, preciso comer, estou com tanta fome…

Ela puxou o capuz e se apressou para o café da manhã.

**

A comida, depois de três dias de quase jejum, a fez sentir-se forte, dava-lhe equilíbrio; ela não se sentia tão arredia, frívola e assustada. Depois do café da manhã, sentia-se perfeitamente capaz de lidar com Kossil.

Aproximou-se do vulto alto e corpulento que saía do refeitório do Casarão e disse em voz baixa:

— Dei fim ao bandido… Que dia bonito está fazendo!

Os olhos cinzentos e frios lhe olharam de soslaio, de dentro do capuz preto.

— Pensei que a Sacerdotisa deveria se abster de comer por três dias após um sacrifício humano…

Isso era verdade. Arha havia se esquecido e a expressão em seu rosto mostrou que ela havia se esquecido.

— Ele ainda não está morto — afirmou ela, por fim, tentando forçar o tom de indiferença que lhe ocorrera com tanta facilidade um instante antes. — Ele foi enterrado vivo. Sob as Tumbas. Em um caixão. Haverá algum ar, o caixão não está lacrado, é de madeira. Acontecerá bem devagar a morte. Quando eu souber que ele está morto, então começarei o jejum.

— Como vai saber?

Aturdida, ela hesitou novamente.

— Sabendo. Os... Os meus Mestres me dirão.

— Entendi. Onde está a sepultura?

— Na Catacumba. Falei para Manan cavar sob a Pedra Lisa. — Ela não deve responder tão depressa, naquele tom bobo e apaziguador; deve manter a dignidade diante de Kossil.

— Vivo, em um caixão de madeira. É arriscado para um ocultista, senhora. Certificou-se de que a boca dele estivesse amordaçada para que não pudesse proferir feitiços? As mãos estão amarradas? Eles podem tecer feitiços com o movimento de um dedo, mesmo quando as línguas são cortadas.

— Não há nada preocupante na feitiçaria dele, é mero truque — asseverou a garota, elevando a voz. — Ele está enterrado, e meus Mestres estão à espera de sua alma. E o resto não lhe diz respeito, sacerdotisa!

Desta vez ela tinha ido longe demais. Outras pessoas puderam ouvir; Penthe e algumas garotas, Duby e a sacerdotisa Mebbeth, todos estavam perto o bastante para escutar. As garotas estavam de ouvidos atentos e Kossil tinha ciência disso.

— Tudo o que acontece aqui me diz respeito, senhora. Tudo o que acontece no reino dele diz respeito ao Deus-Rei, o Homem Imortal, de quem sou serva. Até mesmo nos refúgios subterrâneos e nos corações dos homens ele busca e vê, e ninguém proibirá a entrada dele!

— Eu proibirei. Ninguém entra nas Tumbas se os Inomináveis proibirem. Eles existiam antes do seu Deus-Rei e existirão depois.

Fale com cuidado sobre eles, sacerdotisa. Não atraia a vingança deles contra você. Ou entrarão em seus sonhos, entrarão nos Refúgios Sombrios de sua mente e você enlouquecerá.

Os olhos da garota estavam em chamas; o rosto de Kossil, escondido, enfiado no capuz preto. Penthe e as outras observaram, aterrorizadas e fascinadas.

— Eles são velhos — disse a voz de Kossil, moderada, um fio de som sibilante saindo do fundo do capuz. — São velhos. A devoção a eles foi esquecida, exceto neste lugar. O poder deles se foi. São apenas sombras. Não têm mais poder. Não tente me assustar, Devorada. Você é a Primeira Sacerdotisa; será que isso também não significa que você é a última? Você não pode me enganar. Vejo dentro de seu coração. A escuridão não esconde nada de mim. Cuide-se, Arha!

Ela se virou e se afastou, em passos firmes e decididos, esmagando as ervas daninhas cobertas de gelo sob os pés pesados protegidos por sandálias, indo para a casa de pilares brancos do Deus-Rei.

A garota ficou parada, frágil e sombria, como se congelada ao chão do pátio frontal do Casarão. Na vasta paisagem do pátio e do templo, da colina, da planície do deserto e da montanha, ninguém se movia, nada se movia, apenas Kossil.

— Que os Tenebrosos devorem sua alma, Kossil! — gritou Arha, em uma voz que pareceu o grito de um gavião e, erguendo o braço com a mão esticada e rígida, lançou a maldição nas costas da sacerdotisa quando esta subia os degraus do próprio templo. Kossil vacilou, mas não parou nem se virou. Prosseguiu e entrou pela porta do Deus-Rei.

***

Arha passou aquele dia sentada no degrau mais baixo do Trono Vazio. Não ousou entrar no Labirinto; não quis ficar entre as outras sacerdotisas. Um peso a oprimiu e a manteve ali hora após hora à meia-luz fria do imenso salão. Ela olhou para os pares de grossas colunas pálidas que desapareciam na penumbra, ao longe, no fim do corredor, para os raios de luz do dia que entravam oblíquos pelas brechas no telhado e para a fumaça espessa e ondulada do tripé de bronze cheio de carvão, perto do trono. Com a cabeça baixa e a mente agitada, como se ainda estivesse perplexa, formou padrões com os ossinhos de camundongos na escada de mármore. *Quem sou eu?*, se perguntou, e sem obter resposta.

Quando a luz há muito tempo deixara de iluminar a escuridão do salão e o frio ficou intenso, Manan veio arrastando os pés pelo corredor entre as fileiras duplas de colunas. O rosto massudo de Manan estava muito triste. Ele permaneceu a certa distância da garota, com as grandes mãos penduradas; uma bainha descosturada de seu manto desbotado pendia perto do calcanhar dele.

— Pequena senhora.

— O que é, Manan? — Ela o fitou com afeição entorpecida.

— Pequena, deixe que eu faça o que você disse… e o que você disse está feito. Ele deve morrer, pequena. Ele enfeitiçou você. Ela vai se vingar. Ela é velha, cruel, e você é muito jovem. Você não tem força suficiente.

— Ela não pode me fazer mal.

— Se ela matasse você, mesmo que diante de todo mundo, a céu aberto, não haveria ninguém em todo o Império que ousaria puni-la. Ela é a Suma Sacerdotisa do Deus-Rei, e o Deus-Rei governa. Mas ela não vai matar você a céu aberto. Ela fará isso furtivamente, com veneno, durante a noite.

— Aí vou nascer de novo.

Manan retorceu as mãos imensas, juntas.

— Talvez ela não mate você — sussurrou ele.

— O que você quer dizer?

— Ela poderia trancá-la em uma sala… Lá embaixo… Assim como você fez com ele. E você ficaria viva por anos e anos, talvez. Por anos… E nenhuma nova Sacerdotisa nasceria, pois você não estaria morta. No entanto, não haveria Sacerdotisa das Tumbas e as danças da lua minguante não seriam dançadas, e os sacrifícios não seriam feitos, e o sangue não seria derramado, e a adoração dos Tenebrosos poderia ser esquecida, para todo o sempre. Ela e o Senhor dela gostariam que assim fosse.

— *Eles* me libertariam, Manan.

— Não enquanto estiverem furiosos com você, pequena senhora — Manan sussurrou.

— Furiosos?

— Por causa dele... O sacrilégio não castigado. Ah, pequena, pequena! Eles não perdoam!

Ela ficou sentada na poeira do degrau mais baixo, com a cabeça caída. Olhou para a coisinha que segurava na palma da mão, o minúsculo crânio de um camundongo. As corujas nas vigas acima do Trono se mexeram um pouco; estava anoitecendo.

— Não entre no Labirinto esta noite — pediu Manan, bem baixinho. — Vá para sua casa e durma. De manhã, vá até Kossil e lhe diga que você retira a maldição contra ela. E isso será tudo. Não precisa se preocupar. Vou dar uma prova a ela.

— Prova?

— De que o ocultista está morto.

Ela permaneceu imóvel. Fechou lentamente a mão e o crânio frágil se rachou e se desintegrou. Quando abriu a mão, não havia nada além de fragmentos de osso e pó.

— Não — falou ela, limpando a poeira da palma da mão.

— Ele deve morrer. Ele colocou um feitiço em você. Você está perdida, Arha!

— Ele não colocou nenhum feitiço em mim. Você é velho e covarde, Manan; tem medo de mulheres velhas. Como acha que chegaria até ele, o mataria e conseguiria a "prova"? Você conhece bem o caminho do Grande Tesouro, que seguiu no escuro na noite passada? Pode contar as curvas e chegar aos degraus, e depois ao fosso, e depois à porta? Pode destrancar a porta? Ah, meu velho Manan, você está confuso. Ela o assustou. Desça agora para a Edícula, durma e se esqueça de todas essas coisas. Não me preocupe com essa conversa de morte... Eu vou tarde. Vá, vá, seu velho tonto, bobo. — Ela se levantou e empurrou delicadamente o peito largo de Manan, dando tapinhas e empurrando-o para que fosse embora.

— Boa noite, boa noite!

Ele se virou, com o peso da relutância e dos maus pressentimentos, mas obedeceu e caminhou pelo longo corredor sob as colunas e o telhado em ruínas. Ela o observou saindo.

Certo tempo depois que ele partiu, ela se virou, contornou a plataforma do Trono e desapareceu por trás dele, na escuridão.

CAPÍTULO 9

O ANEL DE ERRETH-AKBE

No grande tesouro das Tumbas de Atuan, o tempo não passava. Sem luz, sem vida, sem o menor movimento de aranhas na poeira ou de minhocas na terra fria. Rocha, trevas e tempo estagnados.

Sobre o tampo de pedra de um grande baú, o ladrão que veio das Terras Centrais jazia estendido de costas, como uma figura esculpida sobre uma tumba. A poeira levantada por seus movimentos tinha se assentado em suas roupas. Ele não se movia.

A fechadura da porta retiniu. A porta se abriu. A luz rompeu a escuridão inerte e uma corrente mais fresca agitou o ar parado. O homem permanecia imóvel.

Arha fechou a porta e trancou-a por dentro, colocou a lamparina sobre um baú e se aproximou lentamente da figura estática. A garota se movia com receio; os olhos estavam arregalados, as pupilas ainda dilatadas da longa jornada pela escuridão.

— Gavião!

Ela tocou o ombro dele e repetiu o nome de novo, e de novo.

Então, ele se moveu, e gemeu. Por fim, sentou-se, com o rosto contraído e os olhos vazios. Ele a fitou sem reconhecê-la.

— Sou eu, Arha… Tenar. Trouxe água. Aqui, beba.

Ele procurou o cantil como se suas mãos estivessem dormentes, e bebeu, mas não profundamente.

— Há quanto tempo? — perguntou ele, falando com dificuldade.

— Dois dias se passaram desde que você veio para esta sala. Esta é a terceira noite. Não pude vir antes. Tive de roubar a comida, está aqui. — Ela tirou um dos pães cinzentos e achatados de dentro da sacola que trazia, mas ele balançou a cabeça.

— Não estou com fome. Este... Este é um lugar mortal. — Ele colocou a cabeça entre as mãos e sentou-se, imóvel.

— Está com frio? Trouxe o manto da Sala Pintada.

Ele não respondeu.

Arha largou a capa e permaneceu fitando-o. Estava um pouco trêmula, e os olhos ainda estavam pretos e arregalados.

De repente, ela se ajoelhou, curvou-se e se pôs a chorar, em soluços profundos que arrebataram seu corpo, mas não trouxeram lágrimas.

Ele desceu do baú, em movimentos rígidos, e se inclinou sobre ela.

— Tenar...

— Não sou Tenar. Não sou Arha. Os deuses estão mortos, os deuses estão mortos.

Ele colocou as mãos na cabeça dela, empurrando o capuz para trás. Começou a falar. A voz dele era suave, e as palavras não estavam em nenhuma língua que ela já tivesse ouvido, mas tinham uma sonoridade que entrou em seu coração como a chuva quando cai. Ela ficou parada, ouvindo.

Quando a garota se acalmou, ele a ergueu e a colocou, como se fosse uma criança, sobre o grande baú onde ele estava deitado. E colocou a mão sobre a dela.

— Por que você chorou, Tenar?

— Vou contar. Não importa o que eu conte, não há nada que você possa fazer. Você não pode ajudar. Você também está morrendo, não está? Então, não importa. Nada importa. Kossil, a Sacerdotisa do Deus-Rei, ela sempre foi cruel, continua tentando me obrigar a matá-lo. Da maneira como matei os outros. E eu não mataria. Que direito ela tem? E ela desafiou os Inomináveis e zombou deles, e lancei uma maldição sobre ela. Desde então, tenho medo de Kossil, porque é verdade o que Manan disse, ela não acredita nos deuses. Quer que sejam esquecidos e me mataria enquanto eu estivesse dormindo. Por isso, não dormi. Não voltei para a Edícula. Fiquei no Salão a noite toda, em um dos recintos do sótão, onde ficam os vestidos de dança. Antes de amanhecer, desci até o Casarão e roubei comida da cozinha, depois voltei para o Salão e fiquei lá o dia todo. Eu estava tentando descobrir o que deveria fazer. E hoje à noite... Hoje à noite eu estava tão cansada, pensei que poderia ir a algum lugar sagrado e dormir, onde ela talvez tivesse medo de entrar. Então, desci para a Catacumba. Aquela caverna grande onde vi você pela primeira vez. E... e ela estava lá. Deve ter entrado pela porta da rocha vermelha. Estava lá com uma lamparina. Arranhando a cova que Manan cavou, para ver se havia um cadáver ali. Como um rato em um cemitério, um grande rato preto e corpulento, cavando. E a luz queimando no Lugar Sagrado, no Refúgio Sombrio. E os Inomináveis não fizeram nada. Não a mataram nem a enlouqueceram. Eles estão velhos, como ela disse. Estão mortos. Todos eles se foram. Não sou mais uma sacerdotisa.

O homem ficou escutando, a mão ainda sobre a dela, a cabeça um pouco inclinada. Algum vigor havia retornado à expressão do rosto e à postura do corpo, embora as cicatrizes na face exibissem um cinza lívido, e ainda houvesse poeira nas roupas e nos cabelos.

— Passei por ela, pela Catacumba. A vela dela fazia mais sombras do que luz, e ela não me ouviu. Eu queria entrar no Labirinto para ficar longe dela. Mas, enquanto estava lá, ficava pensando que a ouvia atrás de mim. Por todos os corredores, ouvia alguém atrás de mim. E não sabia para onde ir. Achei que estaria segura aqui, pensei que meus Mestres me protegeriam e me defenderiam. Mas não, eles se foram, eles estão mortos...

— Foi por eles que você chorou, pela morte deles? Mas todos estão aqui, Tenar, aqui!

— Como você poderia saber? — perguntou ela, com indiferença.

— Porque a todo instante desde que pus os pés na caverna sob as Lápides, tenho me esforçado para deixá-los quietos, para deixá-los inconscientes. Todas as minhas habilidades foram usadas para isso, gastei minha força para isso. Abarrotei esses túneis com uma rede interminável de feitiços, feitiços de sono, de imobilidade, ocultação, e ainda assim eles estão cientes de minha presença, semiconscientes; semiadormecidos, semiacordados. Mesmo assim, estou praticamente exausto, lutando contra eles. Este é um lugar terrível. Um homem sozinho não tem esperança aqui. Eu estava morrendo de sede quando você me deu água, mas não foi só a água que me salvou. Foi a força das mãos que a entregaram. — Ao dizê--lo, ele virou a palma da mão dela para cima, observando-a, entre as próprias mãos; depois, se virou, deu alguns passos pelo recinto e parou novamente diante dela. Arha não disse nada.

— Você achou mesmo que eles estavam mortos? Em seu coração, você sabe: eles não morrem. São tenebrosos e eternos, e odeiam a luz: a luz breve e brilhante de nossa mortalidade. Eles são imortais, mas não são deuses. Nunca foram. Não merecem a adoração de qualquer alma humana.

Ela escutou, com olhos pesados e o olhar fixo na lamparina tremeluzente.

— O que eles já deram a você, Tenar?

— Nada — sussurrou ela.

— Eles não têm nada para dar. Não têm poder de criar. Todo o poder deles é escurecer e destruir. Não podem deixar este lugar; eles *são* este lugar, que deve ser deixado para eles. Não devem ser rejeitados nem esquecidos, mas também não devem ser adorados. A Terra é linda, brilhante e gentil, mas isso não é tudo. A Terra também é terrível, escura e cruel. O coelho grita ao morrer nas campinas verdes. As montanhas apertam suas mãos imensas cheias de fogo oculto. Há tubarões no mar e há crueldade nos olhos dos homens. E onde os homens adoram essas coisas e se humilham diante delas, o mal se reproduz; são construídos lugares no mundo nos quais as trevas se reúnem, lugares entregues inteiramente aos que chamamos de Inomináveis, aos antigos e sagrados Poderes da Terra sobre a Luz, os poderes das trevas, da ruína, da insanidade... Acho que eles conduziram sua sacerdotisa Kossil à insanidade faz muito tempo: acho que ela vagou por estas cavernas enquanto vagava pelo labirinto dentro de si mesma, e agora não consegue mais ver a luz do dia. Ela diz a você que os Inomináveis estão mortos; somente uma alma perdida, que se perdeu da verdade, poderia acreditar nisso. Eles existem. Mas não são seus Mestres. Nunca foram. Você está livre, Tenar. Você foi educada para ser uma serva, mas você se libertou.

Arha ouviu, mas sua expressão não se alterou. Ele não disse mais nada. Ambos ficaram em silêncio; mas não era o silêncio que havia naquela sala antes da chegada dela. Agora, havia a respiração dos dois e o movimento da vida em suas veias, e a queima da vela na lamparina de lata, um som ínfimo e cheio de vida.

— Como você sabe meu nome?

Ele andou de um lado para o outro da sala, revolvendo a poeira fina, esticando os braços e ombros em um esforço para se livrar do frio entorpecedor.

— Saber nomes é meu trabalho. Minha arte. Sabe, para tecer a magia de algo é preciso descobrir seu verdadeiro nome. Em minhas terras, mantemos nossos nomes verdadeiros em segredo por toda a vida, de todos, exceto daqueles em quem confiamos totalmente; pois há grande poder e grande perigo em um nome. Certa vez, no início dos tempos, quando Segoy ergueu as ilhas de Terramar das profundezas do oceano, todas as coisas tinham seus nomes próprios e verdadeiros. E toda magia, toda feitiçaria, ainda depende de conhecer, reaprender e lembrar aquela verdadeira e antiga Língua da Criação. Há feitiços para aprender, é claro, maneiras de usar as palavras; e é preciso conhecer as consequências também. Mas um feiticeiro dedica sua vida a descobrir os nomes das coisas e a descobrir como descobrir os nomes das coisas.

— Como você descobriu o meu?

Ele a fitou por um instante, um olhar profundo e claro atravessando as sombras entre ambos; e hesitou por um momento.

— Não posso dizer. Você é como uma lamparina enfaixada e coberta, escondida em um lugar escuro. No entanto, a luz brilha; eles não conseguiram apagar a luz. Não conseguiram esconder você. Como conheço a luz, como conheço você, sei seu nome, Tenar. Esse é o meu dom, o meu poder. Não posso dizer mais nada. Mas me diga uma coisa: o que vai fazer agora?

— Não sei.

— A esta altura, Kossil encontrou um túmulo vazio. O que ela vai fazer?

— Não sei. Se eu voltar, ela pode me matar. Para uma Suma Sacerdotisa, mentir é morrer. Ela poderia me sacrificar nos degraus do Trono se quisesse. E Manan teria de cortar minha cabeça de verdade desta vez, e não simplesmente erguer a espada e esperar que a Silhueta Preta a segurasse. Desta vez, ela não seria detida. Desceria e me degolaria.

A voz dela era abafada e lenta. Ele franziu a testa.

— Se ficarmos aqui por muito tempo — explicou ele —, você vai enlouquecer, Tenar. A raiva dos Inomináveis é pesada para sua mente. E para a minha. Está melhor agora com você aqui, muito melhor. Mas demorou muito antes de você chegar, e gastei a maior parte da minha força. Ninguém pode resistir tanto tempo aos Tenebrosos estando só. Eles são muito fortes. — Ele parou de falar; a voz ficara mais baixa e parecia ter perdido a linha de raciocínio. O homem esfregou as mãos na testa e, logo depois, foi beber novamente do cantil. Partiu um pedaço de pão e se sentou no baú do outro lado para comê-lo.

O que ele disse era verdade; ela sentia um peso, uma pressão na mente, que parecia obscurecer e confundir todos os pensamentos e sentimentos. No entanto, ela não estava apavorada, pois tinha vindo sozinha pelos corredores. Apenas o silêncio absoluto do lado externo da sala parecia terrível. Por que era assim? Ela nunca tinha temido o silêncio do subterrâneo antes. Mas nunca antes desobedeceu aos Inomináveis, nunca se opôs a eles.

Enfim, Arha deu uma risadinha e um suspiro.

— Estamos aqui sentados no maior tesouro do Império — falou. — O Deus-Rei daria todas as esposas dele para obter um desses baús. E nem abrimos um tampo para olhar.

— Eu abri — disse o Gavião, entre dentes.

— No escuro?

— Criei um pouco de luz. Luz enfeitiçada. Foi difícil fazer isso aqui. Mesmo com meu cajado teria sido difícil; sem ele, foi como tentar acender uma fogueira com lenha molhada e na chuva. Mas ela acabou surgindo. E encontrei o que procurava.

Ela ergueu o rosto devagar para observá-lo.

— O anel?

— Meio anel. Você está com a outra metade.

— Estou? A outra metade foi perdida...

— E encontrada. Eu a usava em uma corrente em volta do pescoço. Você a tirou e me perguntou se eu não podia comprar um talismã melhor. O único talismã melhor do que metade do Anel de Erreth-Akbe seria tê-lo inteiro. Mas, como dizem, meio pão é melhor do que nada. Então, agora você está com a minha metade e eu com a sua. — Ele sorriu para ela entre as sombras da tumba.

— Você disse, quando peguei, que eu não sabia o que fazer com ele.

— Verdade.

— E você sabe?

Ele assentiu.

— Então, me conte. Conte o que é o anel, como você encontrou a metade perdida, e como veio até aqui, e por quê. Preciso saber tudo; depois, talvez eu saiba o que fazer.

— Talvez saiba. Certo. O que é o Anel de Erreth-Akbe? Bem, você pode ver que não tem uma aparência preciosa, e sequer é um anel. É grande demais. Um bracelete, talvez, mas parece pequeno demais para isso. Ninguém sabe para quem foi feito. Elfarran, a Bela, o usou uma vez, antes que a Ilha de Soléa se perdesse no mar; e ele já era antigo quando ela o usou. Enfim, ele chegou às mãos de Erreth-Akbe... O metal é prata maciça, perfurado com nove furos. Há um desenho parecido com o esboço de ondas, do lado externo, e nove Runas de Poder na face interna. A metade que você tem traz quatro runas e parte de outra; e a minha também. A ruptura aconteceu bem no meio desse símbolo e o destruiu. É o que tem sido chamado, desde então, de Runa Perdida. As outras oito são conhecidas pelos Magos: Pirr, que protege da loucura, do vento e do fogo; Ges, que concede perseverança, e assim por diante. Mas a runa quebrada era a que unia as terras. Era a Runa do Vínculo, o sinal de soberania, o sinal de paz. Nenhum rei pode governar bem se não governar sob esse signo. Ninguém sabe como era inscrito. Desde que foi perdido, não houve grandes reis em Havnor. Houve príncipes e tiranos, e guerras e disputas entre todos os domínios de Terramar.

"Por isso, os senhores e magos do Arquipélago queriam o Anel de Erreth-Akbe para, quem sabe, restaurar a runa perdida. Mas acabaram desistindo de enviar homens para procurá-la, pois ninguém conseguiria resgatar a metade das Tumbas de Atuan, e a outra metade, que Erreth-Akbe deu a um rei karginês, estava perdida há muito tempo. Diziam que não adiantava procurar. Isso aconteceu muitas centenas de anos atrás.

"Entrei nessa história assim: quando era um pouco mais velho do que você é agora, eu estava em uma perseguição, como uma caçada mar afora. Meu alvo me enganou, de modo que fui lançado a uma ilha deserta, não muito longe das costas de Karego-At e Atuan, ao sul e oeste daqui. Era uma ilhota, não muito maior do que um banco de areia, com dunas longas, com relva no meio, e uma fonte de água salobra, nada mais.

"Porém, duas pessoas moravam ali. Um homem e uma mulher idosos; irmão e irmã, acho. Eles ficaram com medo de mim. Há quanto tempo não viam nenhum outro rosto humano? Anos, dezenas de anos. Mas eu estava em apuros, e foram gentis comigo. Tinham uma cabana de madeira, trazida pelas cheias, e uma fogueira. A mulher me deu comida, mariscos que retirava das rochas na maré baixa, e carne seca de aves marinhas que matavam atirando pedras. Ela estava com medo de mim, mas me deu comida. Então, como não fiz nada para assustá-la, ela passou a confiar em mim e me mostrou seu tesouro. Ela também tinha um tesouro… Era um vestidinho. Todo de seda, com pérolas. Um vestido de criança, um vestido de princesa. Ela estava vestida em couro de foca não curtido.

"Não podíamos conversar. Eu não conhecia a língua karginesa na época, e eles não conheciam nenhuma língua do Arquipélago, e muito pouco da própria língua. Devem ter sido levados para lá quando crianças e abandonados para morrer. Não sei o porquê, e duvido que eles soubessem. Não conheciam nada além da ilha, do vento e do mar. Mas, quando saí, ela me deu um presente. Ela me deu a metade perdida do Anel de Erreth-Akbe."

Ele fez uma pausa por um instante.

— Eu não sabia o que era, nem ela. O maior presente deste período do mundo, dado por uma mulher idosa, desafortunada, tola, vestida com couro de foca, a um sujeito idiota que o enfiou no bolso, disse "Obrigado!" e foi embora... Bem, então prossegui e fiz o que tinha de fazer. Depois, outras coisas aconteceram e fui para o Território dos Dragões, a oeste, e assim por diante. Mas o tempo todo mantive o objeto comigo, porque me sentia grato à senhora que me deu o único presente que ela tinha para dar. Passei uma corrente por um dos furos e o usei, sem nunca pensar a respeito. Então, um dia, em Selidor, a Ilha Mais Distante, a terra onde Erreth-Akbe morreu em sua batalha com o dragão Orm... Em Selidor, falei com um dragão, da mesma linhagem de Orm. Ele me contou o que eu trazia no peito.

"Ele achou muito engraçado que eu não soubesse. Dragões nos acham divertidos. Mas eles se lembram de Erreth-Akbe; falam dele como se fosse um dragão, não um homem.

"Quando retornei às Ilhas Mais Centrais, finalmente fui a Havnor. Nasci em Gont, que não fica muito longe, a oeste das suas terras karginesas, e desde então vaguei bastante, mas nunca tinha estado em Havnor. Era hora de ir até lá. Vi as torres brancas e falei com homens importantes, os mercadores, os príncipes e os senhores dos antigos domínios. Contei-lhes o que eu tinha. Contei-lhes que, se quisessem, eu iria buscar o resto do anel nas Tumbas de Atuan, a fim de descobrir a Runa Perdida, a chave para a paz. Pois precisamos muito de paz no mundo. Eles me encheram de elogios; e um deles até me deu dinheiro para as provisões de barco. Então, aprendi a sua língua e vim para Atuan."

Ele ficou em silêncio, contemplando as sombras diante de si.

— E as pessoas de nossas cidades não o reconheceram como um forasteiro do oeste, pela sua pele, pela sua fala?

— Ah, é fácil enganar as pessoas — respondeu ele, um tanto distraído —, se você conhece os truques. Você faz alguns ilusionismos e ninguém, exceto outro Mago, verá além deles. E vocês não têm feiticeiros nem magos aqui nas terras karginesas. Isso é bem esquisito. Vocês baniram todos os feiticeiros há muito tempo e proibiram a prática da Arte da Magia; e agora mal acreditam nela.

— Fui ensinada a não acreditar. Ela é contrária aos ensinamentos dos Sacerdotes-Reis. Mas sei que só a feitiçaria poderia fazer você chegar às Tumbas e à porta da rocha vermelha.

— Não só a feitiçaria, mas também bons conselhos. Nós usamos a escrita mais do que vocês, acho. Você sabe ler?

— Não. É uma das artes obscuras.

Ele assentiu.

— Mas útil — disse ele. — Um antigo ladrão malsucedido deixou certas descrições das Tumbas de Atuan e instruções para entrar, caso a pessoa fosse capaz de usar um dos Grandes Feitiços de Abertura. Tudo isso foi escrito em um livro no tesouro de um príncipe de Havnor. Ele me deixou ler. Por isso cheguei tão longe, na grande caverna...

— A Catacumba.

— O ladrão que escreveu o caminho para entrar pensou que o tesouro estava na Catacumba. Por isso, procurei lá, mas tive a sensação de que deveria estar mais bem escondido, mais adiante no dédalo. Eu conhecia a entrada do Labirinto e, quando vi você, fui para lá, pensando em me esconder no dédalo e revistá-lo. Foi um erro, é claro. Os Inomináveis já estavam me detendo, confundindo minha mente. Desde então, só fiquei mais fraco e mais idiota. A pessoa não deve se submeter a eles, deve resistir, manter-se sempre tenaz e confiante. Aprendi isso há muito tempo. Mas é difícil fazer isso aqui, onde eles são tão fortes. Eles não são deuses, Tenar. Mas são mais fortes do que qualquer homem.

Ambos ficaram em silêncio por um longo tempo.

— O que mais você encontrou nos baús do tesouro? — perguntou ela, com inocência.

— Futilidades. Ouro, joias, coroas, espadas. Nada a que qualquer homem vivo vá reivindicar... Explique uma coisa, Tenar. Como você foi escolhida para ser a Sacerdotisa das Tumbas?

— Quando a Primeira Sacerdotisa morre, eles procuram em Atuan por uma menina nascida na noite em que a Sacerdotisa morreu. E sempre encontram uma. Porque é a Sacerdotisa renascida. Quando a criança tem cinco anos, eles a trazem para cá, para o Lugar. E, quando a criança completa seis anos, é dada aos Tenebrosos e sua alma é devorada por eles. Portanto, pertence a eles, e lhes pertenceu desde o início dos tempos. E não tem nome.

— Você acredita nisso?

— Sempre acreditei.

— Você acredita nisso agora?

Ela não respondeu.

O silêncio sombrio recaiu novamente entre eles. Depois de muito tempo, ela disse:

— Fale... Fale sobre os dragões do oeste.

— Tenar, o que vai fazer? Não podemos ficar sentados aqui contando histórias um para o outro até que a vela se apague e a escuridão volte.

— Não sei o que fazer. Estou com medo. — Ela se endireitou sobre o baú de pedra, com as mãos apertadas uma na outra, e falou alto, como quem sente dor: — Estou com medo do escuro.

Ele respondeu com brandura.

— Você precisa fazer uma escolha. Deve me abandonar, trancar a porta, subir aos seus altares e me entregar aos seus Mestres e depois ir até a Sacerdotisa Kossil e fazer as pazes com ela... E pronto, fim da história... Ou então, deve destrancar a porta e sair por ela junto a mim. Deixar as Tumbas, deixar Atuan e vir comigo para o exterior. E aí é o início da história. Você deve ser Arha ou deve ser Tenar. Não pode ser as duas.

A voz grave era gentil e confiante. Ela olhou, entre as sombras, para o rosto dele, que era duro e cheio de cicatrizes, mas não exibia crueldade nem falsidade.

— Se eu abandonar a dedicação aos Tenebrosos, vão me matar. Se eu abandonar este lugar, vou morrer.

— Você não vai morrer. Arha vai morrer.

— Não posso...

— Para renascer é preciso morrer, Tenar. Não é tão difícil quanto parece, vendo do lado de lá.

— Eles não nos deixariam sair. Nunca.

— Talvez, não. Mesmo assim, vale a pena tentar. Você tem conhecimento e eu tenho habilidade, e juntos temos... — Ele fez uma pausa.

— Nós temos o Anel de Erreth-Akbe.

— Isso. Mas pensei também em outra coisa. Chame de confiança... É um dos nomes. É algo imenso. Embora cada um de nós sozinho seja fraco, tendo confiança somos fortes, mais fortes do que os Poderes das Trevas. — Os olhos dele estavam claros e lúcidos no rosto cheio de cicatrizes. — Ouça, Tenar! — disse ele. — Vim para cá como um ladrão, um inimigo, armado contra você; e você me demonstrou compaixão e confiou em mim. E confiei em você desde a primeira vez que vi seu rosto lindo, por um instante, na escuridão da caverna sob as Tumbas. Você provou confiar em mim. Não ofereci nada em troca. Vou oferecer o que tenho para oferecer. Meu verdadeiro nome é Ged. Ele está nas suas mãos. — Ele se levantou e estendeu para ela um semicírculo de prata perfurada e esculpida. — Que o anel volte a se unir — disse ele.

Ela pegou o objeto da mão de Ged. Retirou do pescoço a corrente de prata na qual a outra metade estava presa e a soltou. Colocou as duas partes na palma da mão, de modo que as bordas quebradas se encontrassem e o anel parecesse inteiro.

Ela não levantou o rosto.

— Vou com você — declarou.

CAPÍTULO 10
A FÚRIA DAS TREVAS

Quando Arha disse isso, o homem chamado Ged colocou a mão sobre a dela, que segurava o talismã quebrado. Ela olhou para cima, assustada, e o viu cheio de vida e triunfo, sorrindo. Estava consternada e com medo dele.

— Você libertou a nós dois — falou ele. — Sozinho, ninguém conquista a liberdade. Venha, não vamos perder um minuto sequer enquanto ainda temos tempo! Mostre-o outra vez, mais um pouco.

— Ela havia fechado os dedos sobre as peças de prata, mas, a pedido dele, mostrou-as novamente, as bordas quebradas se tocando.

Ele não as pegou, mas colocou os dedos sobre elas. Disse algumas palavras e, de repente, o suor brotou em seu rosto. Ela sentiu um pequeno tremor estranho na palma, como se um pequeno animal adormecido ali tivesse se movido. Ged suspirou; a postura tensa relaxou, e ele enxugou a testa.

— Pronto — declarou ele e, erguendo o Anel de Erreth-Akbe, o deslizou pelos dedos e pelo dorso da mão, apertado, até o punho. — Aí está! — Ele observou a peça, satisfeito. — Cabe. Deve ser um bracelete de mulher ou criança.

— Será que vai resistir? — murmurou ela, nervosa, sentindo a faixa de prata escorregar fria e delicada em seu braço fino.

— Vai. Não poderia colocar no Anel de Erreth-Akbe um mero feitiço de reparação, como uma bruxa de aldeia repara uma chaleira. Tive de usar uma Padronização, e torná-lo inteiro. Está inteiro agora, como se nunca tivesse sido quebrado. Tenar, temos de ir embora. Vou trazer a bolsa e o cantil. Vista o manto. Tem mais alguma coisa?

Enquanto ela destrancava a porta, desajeitadamente, ele disse:

— Queria ter meu cajado.

E ela respondeu, ainda sussurrando:

— Está do lado de fora da porta. Eu o trouxe.

— Por quê? — perguntou ele, por curiosidade.

— Pensei em... Levar você até a porta. Deixar você partir.

— Essa foi uma escolha que você não teve. Poderia me escravizar, e ser escravizada; ou me libertar e vir comigo, livre. Vamos, pequena, tome coragem, gire a chave.

Ela girou a chave com cabo de dragão e abriu a porta do corredor baixo e escuro. Ela saiu do Tesouro das Tumbas com o Anel de Erreth-Akbe no braço e o homem a seguiu.

Havia uma vibração baixa, não exatamente um ruído, na rocha das paredes, no piso e na abóbada. Era como um trovão distante, como algo enorme caindo muito longe.

Seus cabelos se arrepiaram e, sem parar para pensar, ela apagou a vela da lamparina de lata. Ouviu o homem se mover atrás de si; a voz calma disse, tão perto que a respiração de Ged agitou o cabelo dela:

— Deixe a lamparina. Posso fazer luz, se necessário. Que horas são, lá fora?

— Muito depois da meia-noite quando cheguei aqui.

— Devemos ir em frente, então.

Mas ele não se moveu. Tenar percebeu que deveria ir na frente. Só ela conhecia a saída do Labirinto, e o homem esperou para segui-la. Ela continuou, inclinando-se, porque o túnel, ali, era muito baixo, mas mantendo um ótimo ritmo. De passagens transversais invisíveis vinha uma brisa fria e um odor forte e úmido, o cheiro sem vida do enorme vazio abaixo deles. Quando a passagem ficou um pouco mais alta e ela conseguiu ficar de pé, Tenar caminhou mais devagar, contando os passos à medida que se aproximavam do poço. Com passos leves, ciente de todos os movimentos dela, Ged a seguiu um pouco atrás. No instante em que ela parou, ele parou.

— Aqui fica o fosso — sussurrou ela. — Não consigo encontrar a borda. Aqui, não. Cuidado, acho que as pedras estão se soltando... Não, não, espere, está solta... — Ela se esgueirou, recuando por segurança, enquanto as pedras balançavam sob seus pés. O homem pegou o braço dela e a segurou. O coração de Arha acelerou. — A borda não está segura, as pedras estão se soltando.

— Vou fazer um pouco de luz e olhar. Talvez eu possa consertá-las com a palavra certa. Está tudo bem, pequena.

Ela pensou ser estranho que ele a chamasse como Manan sempre a chamara. E, quando ele acendeu uma cintilação leve na ponta do cajado, como a cintilação de madeira podre ou de uma estrela atrás do nevoeiro, e seguiu para o caminho estreito ao lado do abismo escuro, ela viu o volume se assomando na escuridão à frente dele, e soube que era Manan. Mas sua voz estava presa à garganta como em um nó, e Tenar não conseguiu gritar.

Quando Manan estendeu a mão para empurrá-lo do poleiro trêmulo para o fosso, Ged olhou para cima, viu-o e, com um grito de surpresa ou raiva, atacou-o com o cajado. Ao grito, a luz brilhou branca e ofuscante, direto no rosto do eunuco. Manan ergueu uma das grandes mãos para proteger os olhos, saltou desesperadamente para agarrar Ged, errou e caiu.

Ele não gritou ao cair. Nenhum som veio do fosso escuro, nenhum som do corpo batendo no fundo, nenhum som de morte, absolutamente nenhum som. Agarrando-se de modo perigoso à borda, ajoelhados e congelados na borda, Ged e Tenar não se moveram; prestaram atenção; não ouviram nada.

A luz era um filete cinza, quase invisível.

— Venha! — chamou Ged, estendendo a mão; ela a pegou, e em três passos arriscados ele a ajudou a atravessar. O homem apagou a luz. Ela ficou à frente outra vez, para mostrar o caminho. Estava apática e não pensava em nada. Só depois de algum tempo pensou: *É direita ou esquerda?*

Ela parou.

Parado alguns passos logo atrás, Ged perguntou baixinho:

— O que foi?

— Estou perdida. Faça luz.

— Perdida?

— Eu... perdi a conta dos desvios.

— Eu contei — afirmou ele, chegando um pouco mais perto.

— Um desvio à esquerda depois do fosso; em seguida, um à direita, e um à direita de novo.

— Então o próximo estará à direita de novo — falou ela, automaticamente, mas não se moveu. — Faça luz.

— A luz não nos mostrará o caminho, Tenar.

— Nada mostrará. Foi perdido. Estamos perdidos.

O silêncio mortal cercou o sussurro dela e o devorou.

Ela sentiu o movimento e o calor do outro, perto de si na escuridão fria. Ele procurou a mão dela e a pegou.

— Vá em frente, Tenar. Vire na próxima à direita.

— Faça luz — implorou ela. — Os túneis dão tantas voltas...

— Não posso. Não tenho forças para gastar. Tenar, eles estão... Eles sabem que saímos do Tesouro. Sabem que passamos pelo fosso. Estão nos procurando, buscando nossa determinação, nossa energia. Para extingui-la, para devorá-la. Devo mantê-la acesa. Todas as minhas forças são para isso. Devo resistir a eles, com você. Com sua ajuda. Devemos continuar.

— Não há saída — avisou ela, mas deu um passo à frente. E depois outro, hesitante, como se o vazio oco e escuro se abrisse sob cada passo, o vazio sob a terra. O aperto quente e firme da mão de Ged estava na mão dela. Ambos foram em frente.

Depois do que pareceu um longo tempo, chegaram ao lance de escadas. Não parecia tão íngreme antes, os degraus eram pouco mais do que entalhes viscosos na rocha. Mas ambos subiram e depois seguiram um pouco mais rápido, pois Tenar sabia que a passagem sinuosa percorria um longo caminho sem desvios laterais após os degraus. Seus dedos percorriam a parede do lado esquerdo para orientação, cruzaram uma fenda, uma abertura à esquerda.

— Aqui — murmurou ela. No entanto ele pareceu se conter, como se algo nos movimentos dela o deixasse em dúvida.

— Não — murmurou a garota, confusa —, não é este, é o próximo desvio à esquerda. Não sei. Não posso fazer isso. Não há saída.

— Vamos pela Sala Pintada — disse a voz calma na escuridão.

— Como podemos chegar lá?

— O desvio seguinte, à esquerda.

Ela liderou. Fizeram o longo circuito, passando por duas pistas falsas, até a passagem que se ramificava para a direita em direção à Sala Pintada.

— Em frente — sussurrou ela, e nesse momento o longo desvendamento da escuridão se deu com mais facilidade, pois ela conhecia as passagens em direção à porta de ferro e contara os desvios centenas de vezes; o peso estranho que oprimia sua mente não a confundiria quanto a eles, se evitasse pensar. Mas o tempo todo se aproximavam cada vez mais daquilo que pesava sobre ela e a pressionava; e as pernas dela estavam tão cansadas e pesadas que ela gemeu uma ou duas vezes no empenho de movê-las. Ao lado, o homem respirava fundo e prendia a respiração de vez em quando, como quem faz um esforço imenso com toda a força do corpo. Às vezes, a voz dele saía, abafada e aguda, em uma palavra ou fragmento de palavra. Assim, finalmente chegaram à porta de ferro; tomada por um terror repentino, ela estendeu a mão.

A porta estava aberta.

— Depressa — chamou ela e puxou o companheiro. Então, do outro lado, ela parou.

— Por que estava aberta? — perguntou.

— Porque seus Mestres precisam das suas mãos para fechá-la por eles.

— Estamos chegando… — A voz dela falhou.

— No centro da escuridão. Eu sei. Mas estamos fora do Labirinto. Quais são as saídas da Catacumba?

— Há apenas uma. A porta por onde você entrou não abre por dentro. O caminho passa pela caverna e sobe por passagens para um alçapão em uma sala atrás do Trono. No Salão do Trono.

— Então, devemos seguir nessa direção.

— Mas ela está lá — murmurou a garota. — Na Catacumba. Na caverna. Abrindo a sepultura vazia. Não posso passar por ela, ai, não posso passar por ela de novo!

— Ela já deve ter ido embora.

— Não posso ir para lá.

— Tenar, neste momento, sustento o teto sobre nossas cabeças. Evito que as paredes se fechem sobre nós. Evito que o chão se abra sob nossos pés. Tenho feito isso desde que passamos pelo fosso onde o servo deles esperava. Posso adiar o terremoto, mas você tem medo de enfrentar uma alma humana comigo? Confie em mim, assim como confiei em você! Venha comigo, agora.

E foram em frente.

O túnel sem fim se abriu. Ambos tiveram uma sensação de arejamento maior, de ampliação da escuridão. Haviam entrado na grande caverna sob as Lápides.

Começaram a circulá-la, mantendo-se na parede da direita. Tenar tinha dado apenas alguns passos quando parou.

— O que é isso? — murmurou, sua voz mal saindo pelos lábios. Ouviu-se um ruído na bolha vasta e escura de ar parado: um tremor ou estremecimento, um som ouvido pelo sangue e sentido nos ossos. As paredes esculpidas pelo tempo vibravam sob seus dedos, vibravam.

— Siga em frente — orientou a voz do homem, seca e tensa.

— Depressa, Tenar.

Conforme cambaleava, avançando, ela gritava em sua mente, que estava tão escura, tão estremecida, quanto a cripta subterrânea: "Perdoem-me. Ah, meus Mestres, ah, os nunca nomeados, os mais antigos, perdoem-me, perdoem-me!".

Não houve resposta. Nunca houvera resposta.

Chegaram à passagem sob o Salão, subiram as escadas, alcançaram os últimos degraus e o alçapão sobre suas cabeças. Estava fechado, como ela sempre o deixava. Ela apertou a mola que o abria. Mas não se abriu.

— Está quebrado — afirmou ela. — Está trancado.

Ele passou à frente e empurrou as costas contra o alçapão, que não se moveu.

— Não está trancado, mas sendo pressionado para baixo por algo pesado.

— Consegue abrir?

— Talvez. Acho que ela estará à espera. Há homens com ela?

— Duby e Uahto, talvez outros guardiões, os homens não podem entrar...

— Não consigo fazer um feitiço de abertura, afastar as pessoas que estão esperando lá em cima e resistir à determinação das trevas, tudo de uma vez — anunciou a voz firme dele, refletindo. — Devemos tentar a outra porta, então, a porta nas rochas, pela qual entrei. Ela sabe que não pode ser aberta por dentro?

— Sabe. Ela me deixou tentar uma vez.

— Então, talvez ela não a leve em consideração. Venha. Venha, Tenar!

Ela havia afundado nos degraus de pedra, que rangiam e estremeciam como se uma grande corda de arco estivesse sendo puxada nas profundezas sob os pés deles.

— O que é isso... o tremor?

— Venha — chamou ele, tão firme e seguro que ela obedeceu e se infiltrou pelas passagens e escadas, de volta à terrível caverna.

Na entrada, um peso tão grande de ódio cego e extremo se abateu sobre Arha, como o peso da própria terra, que ela se encolheu e, sem ter certeza, gritou:

— Eles estão aqui! Eles estão aqui!

— Então, deixe que saibam que estamos aqui — pontuou o homem, lançando com o cajado e as mãos um esplendor branco que quebrou assim como uma onda do mar quebra à luz do sol, contra os mil diamantes do teto e das paredes: a glória da luz pela qual os dois escaparam atravessando a grande caverna, com as sombras correndo deles pelos rendilhados brancos, as fendas cintilantes e a sepultura aberta e vazia. Ambos se dirigiram à passagem rebaixada, percorrendo o túnel, curvados, ela primeiro, ele seguindo-a. Ali, no túnel, as rochas ressoavam e se moviam sob seus pés. No entanto, a luz ainda os acompanhava, radiante. Ao ver a superfície da rocha morta à frente, ela ouviu, mais alta do que o trovejar da terra, a voz do homem proferindo uma palavra e, quando ela se ajoelhou, o cajado bateu, acima da cabeça dela, contra a rocha vermelha da porta fechada. As rochas acenderam-se, brancas como se estivessem em chamas, e explodiram em pedaços.

Do lado de fora havia o céu, empalidecendo ao amanhecer. Algumas estrelas brancas repousavam nele, altas e frias.

Tenar viu as estrelas e sentiu o vento doce no rosto; mas não se levantou. Agachou-se ali, entre a terra e o céu.

O homem, um estranho contorno escuro na meia-luz antes do amanhecer, virou-se e puxou o braço dela para fazê-la se levantar. O rosto dele, negro e retorcido como o de um demônio. Ela se encolheu, afastando-se, gritando com uma voz grossa que não era dela, como se uma língua morta se movesse em sua boca:

— Não! Não! Não me toque, me solte... Vá! — E ela se contorceu, indo para longe dele, para a boca arruinada e sem contornos das Tumbas.

Ele afrouxou a pressão. E disse em voz baixa:

— Pelo elo que está usando, convido você a vir, Tenar.

Ela vislumbrou a luz das estrelas na prata do anel no braço. Com os olhos no objeto, levantou-se, cambaleando. Colocou a mão na do homem e o acompanhou. Não conseguia correr. Ambos desceram a colina. Da boca escura entre as rochas atrás deles saiu um longo, longo e queixoso uivo de ódio e lamento. Pedras caíram ao redor dos dois. O chão tremeu. Eles prosseguiram; ela, com os olhos ainda fixos no brilho da luz das estrelas no punho.

Estavam no vale sombrio a oeste do Lugar. Começaram a escalar e, de repente, Ged a pediu que se virasse:

— Veja...

Ela se virou e viu. Estavam do outro lado do vale, no mesmo nível das Lápides, os nove grandes monólitos que se erguiam ou jaziam sobre a caverna de diamantes e sepulturas. As pedras erguidas se moviam. Sacudiam-se e se inclinavam lentamente como os mastros dos navios. Uma delas parecia se contorcer e se elevar; então, atingida por um tremor, caiu. Outra caiu enviesada sobre a primeira, esmagando-a. Atrás delas, o domo rebaixado do Salão do Trono, escuro contra a luz amarela no leste, vibrou. As paredes se dilataram. Toda a grande massa de pedra e alvenaria em ruínas mudou de forma como argila em água corrente, afundou sobre si mesma e, com um rugido e uma tempestade repentina de estilhaços e poeira, deslizou para o lado e desmoronou. A terra do vale serpenteou e se elevou; um tipo de onda subiu a encosta, e uma enorme fenda se abriu entre as Lápides, formando um abismo sobre o breu lá embaixo e exalando poeira como fumaça cinza. As pedras que continuavam de pé caíram e foram engolidas. Então, com um estrondo que pareceu ecoar no próprio céu, os lábios escuros e crus da rachadura se fecharam; e as colinas tremeram uma vez mais, e ficaram imóveis.

Arha desviou os olhos do horror do terremoto para o homem a seu lado, cujo rosto ela nunca tinha visto à luz do dia.

— Você o deteve — afirmou ela, e sua voz era estridente como o vento em um junco, depois daquele poderoso urro e lamento da terra. — Você deteve o terremoto, a fúria das trevas.

— Temos de prosseguir — respondeu ele, afastando-se do sol nascente e das Tumbas em ruínas. — Estou cansado, com frio... — Ele cambaleou ao andar e ela segurou-o pelo braço. Nenhum deles conseguia avançar mais depressa do que um arrastar de pés. Lentos como duas aranhas minúsculas em uma grande muralha, subiram a imensa encosta da colina até acharem-se na terra seca, amarelada pelo sol nascente e riscada pelas sombras longas e esparsas da sálvia do topo. Diante deles jaziam as montanhas do oeste, de sopés arroxeados e encostas elevadas e douradas. Os dois pararam por um momento, depois deixaram a crista da colina para trás, fora do alcance de visão do Lugar das Tumbas, e partiram.

CAPÍTULO II
AS MONTANHAS DO OESTE

Tenar despertou, lutando contra pesadelos, saindo de lugares onde caminhara por tanto tempo que todo o seu corpo se descarnara e ela podia ver os dois ossos brancos dos braços cintilarem levemente na escuridão. Ela abriu os olhos, enxergou uma luz dourada e sentiu o aroma pungente da sálvia. Uma doçura a invadiu quando acordou, um prazer que a encheu lenta e totalmente até transbordar, e ela se sentou, esticando os braços para fora das mangas pretas das vestes, e olhou à volta com um prazer inegável.

Era fim de tarde. O sol estava se pondo atrás das montanhas que se assomavam, contíguas e altas, a oeste, mas seu brilho enchia toda a terra e o céu: um céu vasto, claro e invernal, uma terra vasta, estéril e dourada de montanhas e vales largos. O vento diminuíra. Estava frio e absolutamente silencioso. Nada se movia. As folhas de sálvia estavam secas e cinzentas, os talos de pequenas ervas ressecadas do deserto pinicavam sua mão. O imenso esplendor silencioso de luz queimava em cada galho, cada folha e caule murchos, nas colinas, no ar.

Ela olhou para a esquerda e viu o homem deitado no chão do deserto, enrolado em seu manto, um braço sob a cabeça, dormindo profundamente. O rosto adormecido era severo, quase carrancudo; mas a mão esquerda jazia relaxada na terra, ao lado de um pequeno cardo que ainda trazia seu manto esfarrapado de penugem cinza e suas defesas miúdas de ferrões e espinhos. O homem e o cardo diminuto do deserto; o cardo e o homem adormecido...

Ele era alguém cujo poder era semelhante e tão forte quanto os Antigos Poderes da terra; alguém que falava com dragões e afastava terremotos com sua palavra. E lá estava ele dormindo no chão, com um pequeno cardo crescendo ao lado de sua mão. Era muito estranho. Viver, estar no mundo, era uma coisa muito maior e mais estranha do que ela jamais sonhara. O esplendor do céu tocou os cabelos empoeirados do homem e fez o cardo ficar dourado por algum tempo.

A luz estava desaparecendo lentamente. Com isso, o frio parecia se intensificar minuto a minuto. Tenar se levantou e começou a recolher sálvia seca, pegando galhos caídos e quebrando os duros que cresciam tão retorcidos e grossos que, para suas proporções, se comparavam aos ramos de carvalho. Pararam ali por volta do meio-dia, quando estava quente, e não conseguiam ir adiante devido ao cansaço. Dois zimbros raquíticos e a encosta oeste da crista que tinham acabado de descer já ofereciam abrigo suficiente; os dois beberam um pouco de água do cantil, se deitaram e dormiram.

Havia restos de galhos maiores sob as arvorezinhas, que ela juntou. Cavando um buraco em ângulo com rochas encaixadas na terra, ela fez uma fogueira e a acendeu com sua pederneira e aço. O estopim de folhas e galhos de sálvia acendeu de uma vez. Os galhos secos irradiaram chamas rosadas, perfumadas com resina. Agora parecia bastante escuro ao redor do fogo; e as estrelas ressurgiam no céu extraordinário.

O estampido e o estalo das chamas despertaram o homem adormecido. Ele se sentou, esfregando as mãos no rosto encardido e, por fim, se levantou, com dificuldade, aproximando-se do fogo.

— Imagino... — disse ele, sonolento.

— Eu sei, mas não podemos passar a noite aqui sem fogo. Faz muito frio. — Depois de um minuto, ela acrescentou: — A menos que tenha alguma magia que nos mantenha aquecidos ou que esconda a fogueira...

Ele se sentou perto do fogo, os pés quase mergulhados nele, os braços em volta dos joelhos.

— Brruu — estremeceu ele. — O fogo é muito melhor do que magia. Criei uma ilusão pequena sobre nós aqui; se alguém passar, podemos parecer gravetos e pedras para ele. O que acha? Será que vão nos seguir?

— Tenho medo disso, mas não acho que vão. Ninguém além de Kossil sabia de sua presença lá. Kossil e Manan. E os dois estão mortos. Certamente ela estava no Salão que desmoronou. Ela estava esperando no alçapão. E as outras pessoas que restaram devem pensar que eu estava no Salão ou nas Tumbas e fui soterrada pelo terremoto. — Ela também colocou os braços em volta dos joelhos, trêmula. — Espero que os outros prédios não tenham caído. Era difícil ver do morro, havia tanta poeira. Com certeza, nem todos os templos e casas caíram, o Casarão, onde todas as meninas dormem.

— Acho que não. Foram as Tumbas que se devoraram. Vi um telhado dourado de algum templo quando nos viramos; ainda estava em pé. E havia silhuetas descendo a colina, pessoas correndo.

— O que vão dizer, o que vão pensar... Tenho pena de Penthe! Talvez ela tenha de se tornar a Suma Sacerdotisa do Deus-Rei agora. E foi sempre ela quem quis fugir. Eu, não. Talvez agora ela fuja. — Tenar sorriu. Havia uma alegria nela que nenhum pensamento ou medo podia esvanecer, aquela mesma alegria segura que havia surgido nela, despertando na luz dourada. Ela abriu a bolsa e tirou dois pães ázimos pequenos; entregou um a Ged, atrás da fogueira, e mordeu o outro. O pão era firme, azedo e muito bom para comer.

Mastigaram juntos em silêncio por algum tempo.

— A que distância estamos do mar?

— Levei duas noites e dois dias para chegar. Levaremos mais tempo.

— Sou forte — afirmou ela.

— É mesmo. E corajosa. Mas seu companheiro está cansado — disse ele com um sorriso. — E não temos muito pão.

— Vamos encontrar água?

— Amanhã, nas montanhas.

— Você pode encontrar comida para nós? — perguntou ela, um tanto vaga e tímida.

— Caçar demanda tempo e armas.

— Eu quis dizer, com... você sabe, feitiços.

— Posso chamar um coelho — falou ele, atiçando o fogo com um pedaço de zimbro retorcido. — Os coelhos estão saindo das tocas ao nosso redor agora. A noite é a hora deles. Eu poderia chamar um pelo nome, e ele viria. Mas você pegaria e esfolaria e grelharia um coelho que chamou? Talvez, se estivesse morrendo de fome. Mas seria uma quebra de confiança, acho.

— Sim. Pensei que talvez você pudesse só...

— Fazer aparecer um jantar — completou ele. — Ah, poderia. Em pratos de ouro, se quiser. Mas isso é ilusão, e quando se come ilusões, acaba com mais fome do que antes. É tão nutritivo quanto comer as próprias palavras. — Ela viu os dentes brancos dele brilharem por um instante à luz da fogueira.

— Sua magia é peculiar — comentou ela, com certa dignidade entre iguais, a Sacerdotisa se dirigindo ao Mago. — Parece útil apenas em grandes questões.

Ele colocou mais lenha na fogueira e a atiçou em uma chuva de faíscas e estalidos com cheiro de zimbro.

— Você pode mesmo chamar um coelho? — Tenar perguntou de repente.

— Quer que eu chame?

Ela assentiu.

Ele se afastou da fogueira e disse suavemente para a imensa escuridão iluminada pelas estrelas:

— *Kebbo*... Ei, *kebbo*...

Silêncio. Nenhum som. Nenhum movimento. Apenas, bem no limite da luz tremulante da fogueira, um olho redondo como um seixo de azeviche, muito perto do chão. Uma curva de costas peludas; uma orelha, longa, alerta, erguida.

Ged falou de novo. A orelha se agitou, de súbito ganhou um par saído da sombra; depois, quando o pequeno animal se virou, Tenar o viu inteiro por um instante, com um salto pequeno, suave e ágil, regressando despreocupado aos seus afazeres noturnos.

— Ah! — suspirou ela. — É adorável. — E logo perguntou: — Posso fazer igual?

— Bem...

— É um segredo — falou ela de imediato, outra vez com dignidade.

— O *nome* do coelho é um segredo. Pelo menos, ninguém deve fazer uso dele à toa, sem motivo. Mas o que não é segredo, apenas um dom, ou um mistério, entende, é o poder de chamar.

— Ah — exclamou ela —, que você tem. Eu sei! — Havia paixão em sua voz, que a fingida zombaria não escondeu. Ele olhou para ela e não respondeu.

Na verdade, Ged ainda estava exausto por conta da luta contra os Inominados; gastara suas forças nos túneis trêmulos. Embora tivesse vencido, restava-lhe pouco ânimo para exultação. Ele logo se enrolou de novo, o mais perto possível do fogo, e dormiu.

Tenar ficou sentada, alimentando a fogueira e observando o brilho das constelações de inverno de um lado a outro do horizonte até que a cabeça ficou tonta de esplendor e silêncio, e ela adormeceu.

Ambos acordaram. O fogo estava morto. As estrelas que ela tinha observado estavam agora muito além das montanhas e novas haviam surgido no leste. Foi o frio que os despertou, o frio seco da noite do deserto, o vento que era como uma faca de gelo. Um véu de nuvens vinha do sudoeste encobrindo o céu.

A lenha recolhida estava quase acabando.

— Vamos caminhar — disse Ged. — Não falta muito para o amanhecer. — Os dentes dele batiam tanto que ela mal conseguiu entendê-lo. Ambos partiram, subindo a longa e lenta ladeira para o oeste. Os arbustos e as rochas pareciam pretos à luz das estrelas, e era tão fácil caminhar quanto durante o dia. Depois de um período inicial de frio, a caminhada os aqueceu; pararam de se encolher e tremer, e avançaram com mais facilidade. Assim, ao nascer do sol, estavam na primeira elevação das montanhas ocidentais, que até então haviam amuralhado a vida de Tenar.

Os dois pararam em um bosque com árvores cujas folhas douradas e trêmulas ainda se agarravam aos galhos. Ele disse a Tenar que eram álamos; ela não conhecia outras árvores além de zimbro, os choupos enfraquecidos nas nascentes do rio, e as quarenta macieiras do pomar do Lugar. Um passarinho entre os álamos disse "piu, piu", em tom baixo. Sob as árvores corria um riacho, estreito, mas poderoso, ruidoso, forte sobre suas rochas e quedas, rápido demais para congelar. Tenar estava quase com medo. Estava acostumada com o deserto, onde as coisas são silenciosas e se movem lentamente: rios morosos, sombras de nuvens, abutres sobrevoando.

Ambos dividiram um pedaço de pão e um último pedaço de queijo como café da manhã, descansaram um pouco e continuaram.

À noite, chegaram no topo. O tempo estava nublado e ventoso, congelante. Acamparam no vale de outro riacho, onde havia muita madeira e desta vez fizeram uma fogueira forte, com toras, para que se mantivessem aquecidos.

Tenar estava feliz. Ela encontrara um esconderijo de nozes de esquilo, exposto pela queda de uma árvore oca: quilos de nozes finas e um tipo de casca lisa que Ged, sem conhecer o nome karginês, chamou de *ubir*. Ela as quebrou, uma por uma, sobre uma pedra achatada, usando outra como martelo, e entregou cada metade da polpa da noz para o homem.

— Queria que pudéssemos ficar aqui — comentou ela, olhando para o vale exposto ao vento e ao crepúsculo entre as colinas. — Gosto deste lugar.

— É um bom lugar — concordou ele.

— As pessoas nunca viriam aqui.

— Não com muita frequência… Nasci nas montanhas — contou ele —, na Montanha de Gont. Passaremos por ela, navegando para Havnor, se formos pelo norte. É linda de se ver no inverno, erguendo-se do mar, toda em branco, como uma grande onda. Minha aldeia ficava perto de um riacho como este. Onde você nasceu, Tenar?

— No norte de Atuan, em Entat, acho. Não consigo me lembrar.

— Eles levaram você muito nova?

— Eu tinha cinco anos. Lembro de um fogo em uma lareira e… só.

Ele coçou o queixo que, embora tivesse uma barba rala, ao menos estava limpo; apesar do frio, ambos se banharam nos riachos da montanha. Ele coçava o queixo e parecia pensativo e severo. Ela o observou, e nunca poderia ter dito o que se passava no próprio coração enquanto o observava, à luz do fogo, no crepúsculo da montanha.

— O que você vai fazer em Havnor? — indagou ele, fazendo a pergunta ao fogo, não a ela. — Você, mais do que imaginei, renasceu de verdade.

Ela assentiu, sorrindo um pouco. Sentiu-se recém-nascida.

— Você deveria aprender a língua, pelo menos.

— A sua língua?

— Sim.

— Eu gostaria.

— Então, está bem. Isto é *kabat*. — E atirou uma pedrinha no colo do manto preto dela.

— *Kabat*. Isso na língua do dragão?

— Não, não. Você não quer fazer feitiços, quer conversar com outros homens e mulheres!

— Mas como é "seixo" na língua do dragão?

— *Tolk* — respondeu. — Mas não estou fazendo de você minha aprendiz de ocultista. Estou lhe ensinando a língua que as pessoas falam no Arquipélago, as Terras Centrais. Tive de aprender sua língua antes de vir para cá.

— Você fala de um jeito estranho.

— Sem dúvida. Agora, *arkemmi kabat*. — E estendeu as mãos para que ela lhe entregasse o seixo.

— Devo ir a Havnor? — perguntou ela.

— Para onde mais você iria, Tenar?

Ela hesitou.

— Havnor é uma bela cidade — continuou ele. — E você tem o anel, o sinal da paz, o tesouro perdido. Vão recebê-la em Havnor como a uma princesa. Honrarão você pelo grande presente que leva, darão as boas-vindas e a farão se sentir bem-vinda. O povo daquela cidade é nobre e generoso. Vão chamá-la de Senhora Branca por causa de sua pele clara, e vão amá-la ainda mais, porque você é muito jovem. E porque é linda. Você terá cem vestidos como aquele que lhe mostrei por ilusão, mas reais. Vai encontrar louvor, gratidão e amor. Você, que não conheceu nada além de solidão, inveja e escuridão.

— Havia Manan — interveio ela, defensiva, com a boca um pouco trêmula. — Ele me amava e era gentil comigo, sempre. Protegeu-me da melhor maneira que sabia, e o matei por isso; ele caiu no fosso escuro. Não quero ir a Havnor. Não quero ir para lá. Quero ficar aqui.

— Aqui, em Atuan?

— Nas montanhas. Onde estamos agora.

— Tenar — disse ele em sua voz grave e calma —, então, ficaremos. Não tenho minha faca e, se nevar, será difícil. Mas enquanto pudermos encontrar comida...

— Não. Sei que não podemos ficar. Estou sendo tola — respondeu Tenar, e levantou-se, espalhando cascas de nozes para colocar lenha nova no fogo. Ela ficou em pé, magra e muito aprumada nas vestes e manto pretos, rasgados e manchados de sujeira. — Tudo o que sei é inútil agora — afirmou —, e não aprendi nada mais. Vou tentar aprender.

Ged desviou o olhar, contraindo o rosto como se sentisse dor.

**

No dia seguinte, cruzaram o topo da cadeia montanhosa castanho-amarelada. Na passagem, soprou um forte vento, com neve, que aguilhoava e cegava. Só depois de terem descido um longo trecho, no lado oposto, escapando das nuvens de neve do topo, Tenar enxergou a terra além da muralha montanhosa. Era toda verde: de pinheiros, de pastagens, de campos semeados e pousios. Mesmo no auge do inverno, quando os bosques estavam nus e as florestas cheias de galhos cinzentos, era uma terra verde, humilde e amena. Eles a observaram de cima de uma inclinação alta e rochosa da encosta da montanha. Sem palavras, Ged apontou para o oeste, onde o sol se punha atrás de uma agitação espessa e cremosa de nuvens. O sol estava escondido, mas havia um brilho no horizonte, quase como o brilho ofuscante das paredes de cristal da Catacumba, como uma tremulação alegre na borda do mundo.

— O que é aquilo? — perguntou a garota, ao que ele respondeu:

— O mar.

Pouco depois, ela viu uma coisa menos maravilhosa, mas maravilhosa o suficiente. Chegaram a uma estrada e a seguiram; ela os conduziu a uma aldeia, ao anoitecer: dez ou doze casas ao longo da estrada. Tenar fitou o companheiro, amedrontada, quando percebeu que estavam andando entre os homens. Ela olhou e não o viu. Ao lado dela, com as roupas de Ged, com seu andar e sapatos, caminhava outro homem. Ele tinha uma pele branca e sem barba. Ele devolveu o olhar, tinha olhos azuis. Ele piscou.

— Vou enganá-los? — perguntou ele. — Que tal suas roupas?

Ela olhou para si mesma. Vestia uma saia e um casaco marrons, de camponesa, e um grande xale de lã vermelha.

— Ah — exclamou Tenar, parando de repente. — Ah, você é... você *é* Ged! — Ao proferir o nome dele, ela o viu perfeita e claramente, o rosto negro e cheio de cicatrizes que ela conhecia, os olhos escuros; mesmo assim, quem estava ali era o estranho com rosto leitoso.

— Não diga meu nome verdadeiro diante dos outros. Nem vou dizer o seu. Somos irmão e irmã, vindos de Tenacbah. E acho que vou pedir uma pequena refeição se encontrar um rosto gentil. — Ele pegou a mão dela e ambos entraram na aldeia.

Partiram na manhã seguinte de barriga cheia e depois de um sono agradável em um palheiro.

— Os Magos costumam pedir esmolas? — perguntou Tenar, na estrada entre campos verdes, onde pastavam cabras e gado malhado.

— Por que a pergunta?

— Você pareceu acostumado a pedir esmolas. Na verdade, foi muito bom nisso.

— Bem, sim. Pedi esmolas por toda a minha vida, se você enxerga dessa maneira. Feiticeiros não possuem muitos bens, sabe. Na verdade, nada além de seus cajados e roupas, se forem andarilhos. São recebidos e recebem comida e abrigo da maioria das pessoas, com prazer. E oferecem algo em troca.

— O quê?

— Bem, aquela mulher na aldeia. Curei as cabras dela.

— O que elas tinham?

— As duas tinham úberes infectados. Eu pastoreava cabras quando era menino.

— Você disse a ela que as curou?

— Não. Como poderia dizer? Por que deveria dizer?

Depois de uma pausa, ela disse:

— Entendi, sua magia não é boa apenas para coisas grandes.

— Hospitalidade — disse ele —, bondade para com um estranho, isso é uma coisa muito grande. Os agradecimentos são suficientes, é claro. Mas tive pena das cabras.

À tarde, passaram por um grande povoado. Tinha construções de tijolos de barro e muralha à moda karginesa, com ameias salientes, torres de vigia nos quatro cantos e um único portão, sob o qual criadores de gado pastoreavam um grande rebanho de ovelhas. Os telhados de telhas vermelhas de uma centena de casas, ou mais, se projetavam acima das muralhas de tijolos amarelados. No portão encontravam-se duas sentinelas com os capacetes de plumas vermelhas da guarda do Deus-Rei. Tenar tinha visto homens com tais capacetes chegarem, mais ou menos uma vez por ano, ao Lugar, escoltando pessoas escravizadas ou dinheiro como oferendas ao templo do Deus-Rei. Quando contou isso a Ged, enquanto passavam do lado de fora das muralhas, ele disse:

— Também os vi quando menino. Eles invadiram Gont. Entraram na minha aldeia para saqueá-la. Mas foram expulsos. E houve uma batalha na foz do Ar, na costa; muitos homens foram mortos, centenas, dizem. Bem, talvez agora que o anel foi reintegrado e a Runa Perdida refeita, não haja mais ataques e matanças entre o Império Karginês e as Terras Centrais.

— Seria tolice se tais coisas continuassem — afirmou Tenar. — O que o Deus-Rei faria com tantos escravizados?

O companheiro dela pareceu refletir sobre o assunto por algum tempo.

— Se as terras karginesas derrotassem o Arquipélago, você quer dizer?

Ela assentiu.

— Acho que seria improvável de acontecer.

— Mas veja como o Império é forte, essa cidade grande, com muralhas e todos os homens. Como as suas terras poderiam resistir se eles as atacassem?

— Essa não é uma cidade muito grande — disse ele, cauteloso e gentil. — Eu também a teria achado imensa quando era recém--saído da minha montanha. Mas há muitas, muitas cidades em Terramar; entre elas, este é apenas um povoado. Há muitas, muitas terras. Você as verá, Tenar.

Ela não disse nada. Caminhou pela estrada, de rosto firme ao longo do caminho, com expressão determinada.

— É maravilhoso vê-las: novas terras erguendo-se do mar quando o barco se aproxima. As fazendas e florestas, as cidades com portos e palácios, os mercados onde se vende tudo do mundo.

Ela assentiu. Sabia que ele estava tentando animá-la, mas ela deixara a alegria nas montanhas, no vale do riacho sob o crepúsculo. Havia em si, agora, um pavor que crescia cada vez mais. Tudo à sua frente era desconhecido. Ela não conhecia nada além do deserto e das Tumbas. De que isso adiantaria? Conhecia os desvios de um dédalo em ruínas, sabia as danças que se dançava diante de um altar derrubado. Não sabia nada sobre florestas, cidades ou o coração dos homens.

De repente, ela falou:

— Você vai ficar comigo lá?

Ela não o fitou. Ele estava no disfarce ilusório, um conterrâneo karginês do campo, com pele branca, e ela não gostava de vê-lo assim. Mas a voz estava inalterada, era a mesma que falara na escuridão do Labirinto.

Ele demorou a responder.

— Tenar, vou para onde me mandam. Sigo meu chamado. E ele ainda não me permitiu ficar em terra alguma por muito tempo. Você entende? Faço o que devo fazer. Aonde for, devo ir sozinho. Enquanto você precisar de mim, estarei com você em Havnor. E se precisar de mim novamente, me chame. Eu virei. Sairia da minha sepultura se me chamasse, Tenar! Mas não posso ficar com você.

Ela não disse nada. Depois de um tempo, ele falou:

— Você não vai precisar de mim por muito tempo. Você será feliz.

Ela assentiu, aceitando, em silêncio.

Ambos seguiram caminhando lado a lado em direção ao mar.

CAPÍTULO 12

VIAGEM

Ele havia escondido seu barco em uma caverna junto a um grande promontório rochoso, o Cabo da Nuvem, como era chamado pelos aldeões das redondezas, um dos quais lhes serviu uma tigela de ensopado de peixe para o jantar. Os dois desceram os penhascos até a praia na última luz do dia cinzento. A caverna era uma fenda estreita que entrava na rocha por cerca de dez metros; o chão arenoso estava úmido, pois ficava logo acima da marca da maré alta. A abertura era visível do mar, e Ged falou que não deveriam acender uma fogueira ali, pois os pescadores noturnos a veriam de suas pequenas embarcações ao longo da costa e ficariam curiosos. Então, infelizmente, ambos se deitaram na areia, que parecia tão macia entre os dedos e era dura como pedra para o corpo cansado. E Tenar ouviu o mar, metros abaixo da boca da caverna, batendo, sorvendo e rugindo nas rochas, além do estrondo da água descendo a praia em direção ao leste por quilômetros. O mar fazia os mesmos sons várias vezes, mas nunca exatamente o mesmo. E nunca descansava. Em todas as margens de todas as terras em todo o mundo, ele se erguia em ondas inquietas, e nunca cessava, e nunca parava. O deserto, as montanhas: eles paravam. Não gritavam eternamente com uma voz grandiosa e monótona. O mar falava eternamente, mas tal língua lhe era estranha. Tenar não a compreendia.

Na primeira luz cinzenta, quando a maré estava baixa, ela despertou de um sono inquieto e viu o feiticeiro sair da caverna. Ela o observou caminhar, descalço, usando um manto com cinto, nas rochas cobertas de negro mais abaixo, procurando algo. Ele retornou, bloqueando a luz da caverna ao entrar.

— Aqui — disse ele, estendendo um punhado de coisas molhadas e horríveis como pedras roxas com lábios laranja.

— O que são?

— Mexilhões, tirados das rochas. E estes dois são ostras, melhor ainda. Veja… é assim. — Com a pequena adaga do chaveiro dela, que emprestara para ele nas montanhas, ele abriu uma concha e comeu o mexilhão laranja com água do mar como se fosse molho.

— Você nem cozinhou? Comeu isso vivo!

Ela não quis olhá-lo enquanto, envergonhado mas sem desistir, ele ia abrindo e comendo os mariscos um a um.

Quando terminou, voltou para a caverna até o barco, que estava de proa à frente, protegido da areia por vários troncos compridos de madeira flutuante. Tenar observara o barco na noite anterior, desconfiada e confusa. Era muito maior do que ela imaginava que fossem os barcos, três vezes sua própria altura. Estava cheio de objetos que ela não sabia usar e parecia perigoso. Nos dois lados do nariz (que era como ela chamava a proa) havia um olho pintado; e enquanto ela estava semiadormecida, sentia o barco o tempo todo encarando-a.

Ged remexeu-o por dentro durante um instante e voltou com algo: um pacote de pão duro, bem embrulhado para se manter seco. Ofereceu-lhe um pedaço grande.

— Não estou com fome.

Ele observou o rosto mal-humorado de Tenar.

Ged guardou o pão, embrulhando-o como antes, e depois sentou-se na boca da caverna.

— Duas horas, mais ou menos, até a maré voltar — informou ele. — Aí podemos partir. Você teve uma noite agitada, por que não dorme agora?

— Não estou com sono.

Ele não respondeu. Permaneceu sentado, de perfil para ela, de pernas cruzadas, sob o arco escuro de rochas; a elevação brilhante e o movimento do mar ao fundo, de onde ela o observava, nas profundezas da caverna. Ele não se moveu. Ficou imóvel como as próprias rochas. A imobilidade emanava de Ged, assim como anéis em volta de uma pedra jogada na água. O silêncio tornou-se não a ausência de fala, mas uma coisa em si, tal qual o silêncio do deserto.

Depois de muito tempo, Tenar levantou-se e se aproximou da boca da caverna. Ged não se moveu. A garota observou o rosto dele, de cima. Era como se fosse de cobre fundido: rígido, os olhos escuros não estavam fechados, mas olhavam para baixo, a boca serena.

Ged estava tão além dela quanto o mar.

Onde ele estava agora, qual caminho espiritual percorria? Ela nunca poderia segui-lo.

Ged fez com que ela o seguisse. Chamou-a pelo nome, e ela foi, encolhida na mão dele, como o pequeno coelho selvagem do deserto que se aproximara no escuro. E agora que ele tinha o anel, agora que as Tumbas estavam em ruínas e a sacerdotisa repudiada para sempre, agora Ged não precisava dela e foi para onde ela não poderia segui-lo. Ged não ficaria com ela. Ele a tinha enganado e a deixaria desolada.

Tenar se abaixou e, com um gesto rápido, arrancou do cinto dele a pequena adaga de aço que havia lhe dado. Ged não se moveu mais do que uma estátua usurpada.

A lâmina da adaga tinha apenas dez centímetros de comprimento, afiada de um lado; era a miniatura de um punhal sacrificial. Fazia parte das vestimentas da Sacerdotisa das Tumbas, que deveria usá-lo junto à argola das chaves, um cinto de crina e outros itens, alguns dos quais não tinham propósito conhecido. Ela nunca havia usado a adaga para nada, exceto em uma das danças realizadas na lua minguante, na qual a atirava e a pegava diante do Trono. Gostava daquela dança; era selvagem, sem música além do tamborilar dos próprios pés. Ela tinha feito cortes nos dedos, praticando até conseguir executar o truque de pegar sempre o cabo do punhal. A lâmina, pequena, era afiada o suficiente para cortar um dedo até o osso, ou cortar as artérias de uma garganta. Ela ainda serviria a seus Mestres, embora eles a tivessem traído e abandonado. Eles guiariam e conduziriam sua mão no último ato das trevas. Eles aceitariam o sacrifício.

Ela se virou para o homem, com o punhal oculto na mão direita atrás do quadril. Quando ela se moveu, ele levantou o rosto lentamente e a encarou. Ele tinha a aparência de alguém vindo de muito longe, alguém que viu coisas terríveis. O rosto estava calmo, mas repleto de dor. Enquanto olhava para ela e parecia enxergá-la com nitidez cada vez maior, a expressão dele se desfez. Por fim, Ged disse:

— Tenar — como se a cumprimentasse, e estendeu a mão para tocar a faixa de prata perfurada e esculpida no pulso dela. Ele fez isso como se tranquilizasse a si mesmo, com confiança. Não prestou atenção à adaga na mão da garota. Desviou o olhar para as ondas que se erguiam sobre as rochas profundas, e disse, com esforço: — Está na hora... Hora de irmos.

Ao som da voz dele, a fúria a abandonou. Ela estava com medo.

— Você vai deixá-los para trás, Tenar. Está livre agora — afirmou, levantando-se com vigor repentino. Ele se espreguiçou e colocou o cinto no manto outra vez. — Ajude com o barco, está nas toras, é só rolar. É isso, empurre... Mais uma vez. Aí, aí, chega. Agora, se prepare para pular quando eu disser "pule". Esse lugar é traiçoeiro para se lançar ao mar... de novo. Aí! Você já entrou! — E, saltando logo atrás, Ged a segurou quando ela se desequilibrou, sentou-a no fundo do barco, firmou as pernas, afastando-as, e de pé, com os remos, lançou o barco em uma onda que se retirava acima das rochas, deixando para trás a ponta do cabo coberta de espuma e assim chegando ao mar.

O mago recolheu os remos quando estavam bem distantes das águas rasas e ergueu o mastro. A embarcação parecia muito pequena, agora que ela estava do lado de dentro e o mar do lado de fora.

Ele hasteou a vela. Todo o equipamento parecia ter sido usado por muito tempo, e intensamente, embora a vela vermelha opaca estivesse remendada com muito cuidado e o barco estivesse o mais limpo e arrumado possível. Eram como o capitão: tinham ido longe e não tinham sido tratados com gentileza.

— Agora — falou ele —, agora estamos longe, agora estamos desimpedidos, para sempre, Tenar. Você sente isso?

Tenar sentia. Uma mão escura havia soltado o domínio vitalício do coração dela. Mas não sentia alegria, como nas montanhas. Colocou a cabeça entre os braços e chorou, e suas faces ficaram salgadas e molhadas. Chorou pelos anos desperdiçados na sujeição a um mal inútil. Chorou de dor, porque estava livre.

O que ela tinha começado a aprender era o peso da liberdade. A liberdade é um fardo pesado, um fardo grande e estranho a ser assumido pelo espírito. Não é fácil. Não é um dom oferecido, mas uma escolha feita, e a escolha pode ser difícil. A estrada sobe em direção à luz; mas quem viaja com um fardo pode nunca chegar ao fim.

Ged a deixou chorar e não disse palavra de conforto alguma; não falou nem quando ela parou de chorar e ficou sentada olhando para o brejo azulado de Atuan. O rosto dele estava sério e atento, como se estivesse sozinho; o homem se ocupava da vela e do leme, rápido e silencioso, sempre olhando para a frente.

À tarde, ele apontou, à direita do sol, rumo à direção para onde navegavam.

— Aquela é Karego-At — explicou ele, e Tenar, seguindo o gesto, vislumbrou as colinas distantes como nuvens, a grande ilha do Deus-Rei. Atuan ficara para trás, fora de vista. O coração dela pesava muito. O sol batia em seus olhos como um martelo de ouro.

O jantar foi pão seco e peixe defumado seco, que tinha um gosto horrível para Tenar, e água do barril do barco, que Ged havia enchido em um riacho na praia do Cabo da Nuvem, na noite anterior. A noite de inverno caiu depressa e gelada sobre o mar. Ao longe, ao norte, viram por um tempo o brilho minúsculo de luzes, fogueiras amarelas em aldeias distantes na costa de Karego-At. Elas se dissiparam em uma névoa que se elevou do oceano, e ambos ficaram sozinhos na noite sem estrelas sobre águas profundas.

Tenar se encolheu na popa; Ged se deitou na proa, com o barril de água como travesseiro. O barco se movia com regularidade, as ondas baixas batendo um pouco nas laterais, embora o vento fosse apenas uma leve brisa vinda do sul. Ali, longe das costas rochosas, o mar também era silencioso; só sussurrava um pouco quando tocava o barco.

— Se o vento vem do sul — disse Tenar, sussurrando porque o mar sussurrava —, o barco não navega para o norte?

— Sim, exceto se mudarmos de rumo. Mas lancei o vento mágico na vela, para o oeste. Amanhã de manhã devemos estar fora de águas karginesas. Aí, deixarei o barco seguir pelo vento do mundo.

— Ele navega sozinho?

— Sim — respondeu Ged com seriedade —, caso sejam dadas as instruções apropriadas. Não precisa de muitas. Esteve no Mar Aberto, além da ilha mais distante do Extremo Leste; esteve em Selidor, onde Erreth-Akbe morreu, no Extremo Oeste. É um barco esperto e astuto, meu *Visão Ampla*. Pode confiar nele.

No barco movido a magia sobre as grandes profundezas, a garota ficou deitada olhando para a escuridão. Durante toda sua vida ela olhara para a escuridão; mas aquela era uma escuridão mais vasta, aquela noite sobre o oceano. Não tinha fim. Não tinha um teto. Estendia-se além das estrelas. Nenhum dos Poderes terrenos a movia. Ela existia antes da luz, e existiria depois. Existia antes da vida, e existiria depois. Estava além do mal.

Na escuridão, ela falou:

— A ilhota onde o talismã lhe foi entregue fica neste mar?

— Sim — respondeu a voz dele, na escuridão. — Em algum lugar. Ao sul, talvez. Não consegui mais encontrá-la.

— Eu sei quem era, a senhora idosa que lhe deu o anel.

— Sabe?

— Ouvi a história. Faz parte do conhecimento da Primeira Sacerdotisa. Thar me contou, primeiro quando Kossil estava lá, depois mais completamente, quando estávamos sozinhas; foi a última vez que ela falou comigo antes de morrer. Havia uma casa nobre em Hupun que combateu a ascensão dos Sumos Sacerdotes em Awabath. O fundador da casa foi o rei Thoreg, e entre os tesouros que deixou aos seus descendentes estava o meio anel que Erreth-Akbe lhe dera.

"Na verdade, isso é contado na *Saga de Erreth-Akbe*. Ela diz... na sua língua, ela diz: 'Quando o anel foi quebrado, metade permaneceu na mão do Sumo Sacerdote Intathin e metade na mão do herói. E o Sumo Sacerdote enviou a metade quebrada para os Inominados, na Antiga Terra de Atuan, e o anel foi para a escuridão, para os lugares perdidos. Mas Erreth-Akbe entregou a metade quebrada nas mãos da donzela Tiarath, filha do rei sábio, dizendo: "Que ele permaneça na luz, no dote da donzela, que permaneça nesta terra até que seja reintegrado." Assim falou o herói antes de navegar para o oeste.'"

"Então, deve ter passado de filha para filha daquela casa, ao longo dos anos. Não foi perdido, como seu povo pensava. Mas, quando os Sumos Sacerdotes se transformaram em Sacerdotes-Reis, e depois, quando os Sacerdotes-Reis estabeleceram o Império e começaram a se chamar de Deuses-Reis, a casa de Thoreg se tornou cada vez mais pobre e mais fraca. Por fim, segundo Thar me contou, restavam apenas dois da linhagem de Thoreg, criancinhas, um menino e uma menina. O Deus-Rei de Awabath na época era o pai deste que governa agora. Ele mandou raptar as crianças do palácio em Hupun. Havia uma profecia de que um dos descendentes de Thoreg de Hupun causaria a queda final do Império, e isso o assustou. Ele fez com que as crianças fossem raptadas e levadas para uma ilha solitária em algum lugar no meio do mar, e deixadas lá com nada além das roupas que vestiam e um pouco de comida. Ele temia matá-las por punhaladas, estrangulamento ou veneno; elas tinham sangue real e o assassinato de reis atrai uma maldição até mesmo para os deuses. Elas receberam os nomes de Ensar e Anthil. Foi Anthil quem lhe deu o anel quebrado."

Ged ficou em silêncio por um longo tempo.

— Então a história se completa — concluiu ele, por fim. — Ao mesmo tempo que o anel se completa. Mas é uma história cruel, Tenar. As criancinhas, aquela ilha, o velho e a velha que vi... Eles mal conheciam a fala humana.

— Eu queria pedir uma coisa a você.

— Peça.

— Não desejo ir às Terras Centrais, a Havnor. Não pertenço àquele lugar, às cidades grandes com homens estrangeiros. Não pertenço a terra alguma. Traí meu próprio povo. Não tenho ninguém. E fiz uma coisa muito má. Coloque-me sozinha em uma ilha, assim como os filhos do rei foram deixados, em uma ilha solitária onde não há pessoas, onde não há ninguém. Deixe-me e leve o anel para Havnor. É seu, não meu. Não tem nada a ver comigo. Nem o seu povo. Deixe-me ficar sozinha!

Lenta, gradualmente, mas assustando-a, uma luz surgiu como um pequeno luar na escuridão diante de si: a luz mágica que atendia ao comando dele, agarrada à ponta do cajado, que ele segurava na posição vertical conforme se sentava de frente para ela na proa. A luz iluminava o fundo do barco, as amuradas, o piso, e o rosto dele, com um brilho prateado. Ele a encarava.

— O que você fez de mal, Tenar?

— Ordenei que três homens fossem trancados em uma sala sob o trono e morressem de fome. Morreram de fome e sede. Morreram e estão enterrados na Catacumba. As Lápides caíram sobre as sepulturas. — Ela se deteve.

— O que mais?

— Manan.

— Essa morte é responsabilidade da minha alma.

— Não. Ele morreu porque me amava e foi fiel. Pensou que estava me protegendo. Ele segurou a espada acima do meu pescoço. Quando eu era pequena, ele era gentil comigo… quando eu chorava… — Ela parou de falar outra vez, pois as lágrimas brotaram com força, mas não chorou mais. As mãos estavam apertadas nas dobras pretas do vestido. — Nunca fui gentil com ele — reconheceu. — Não irei a Havnor. Não vou com você. Encontre alguma ilha em que não chegue ninguém e me coloque lá, e me abandone. O mal deve ser punido. *Não* sou livre.

A luz suave, acinzentada pela névoa do mar, brilhava entre eles.

— Ouça, Tenar. Preste atenção em mim. Você era o repositório do mal. O mal transbordou. Ele acabou. Está enterrado na própria tumba. Você não foi jamais criada para a crueldade e a escuridão; você foi criada para sustentar a luz, como uma lamparina acesa a sustenta e a concede. Encontrei a lamparina apagada: não a deixarei em alguma ilha deserta como uma coisa achada e jogada fora. Vou levá-la a Havnor e dizer aos príncipes de Terramar: "Vejam! No lugar das trevas encontrei a luz, o espírito desta jovem. Graças a ela, um mal antigo foi reduzido a nada. Graças a ela, fui tirado da sepultura. Graças a ela, o que se quebrou se tornou inteiro e onde havia ódio haverá paz".

— Não vou — insistiu Tenar, angustiada. — Não posso. Isso não é verdade!

— E depois disso — continuou ele, tranquilo —, vou levá-la para longe dos príncipes e dos senhores ricos; pois é verdade que seu lugar não é lá. Você é muito jovem e muito sábia. Vou levá-la à minha própria terra, a Gont, onde nasci, para meu velho mestre Ogion. Ele é um homem velho agora, um grande Mago, um homem de coração tranquilo. Eles o chamam de "o Silencioso". Ele mora em uma pequena casa nas grandes falésias de Re Albi, muito acima do mar. Mantém algumas cabras e uma horta. No outono, vaga pela ilha, sozinho, pelas florestas, encostas das montanhas, pelos vales dos rios. Morei lá com ele uma vez, quando era mais jovem do que você é agora. Não fiquei muito tempo, não tive o bom senso de ficar. Saí em busca do mal, e com certeza o encontrei… Mas você chega escapando do mal; em busca da liberdade; em busca de um momento de silêncio, até encontrar o próprio caminho. Lá, você encontrará bondade e silêncio, Tenar. Lá, a lamparina queimará com o vento por algum tempo. Você quer isso?

A névoa do mar flutuava cinza entre os dois rostos. O barco se erguia levemente nas amplas ondas. Ao redor havia a noite e, abaixo deles, o mar.

— Quero — respondeu ela com um longo suspiro. E depois de muito tempo: — Ah, eu gostaria que fosse antes… que pudéssemos ir para lá agora…

— Não vai demorar muito, pequena.

— Você vai para lá, algum dia?

— Quando puder, irei.

A luz havia se dissipado; estava tudo escuro ao redor deles.

**

Eles chegaram, depois de alvoradas e crepúsculos, dias calmos e ventos gelados de uma viagem invernal, ao Mar Central. Navegaram por vias marítimas lotadas, entre grandes navios, subindo os Estreitos de Ebavnor e entrando na baía fechada no coração de Havnor, e atravessando a baía até o Grande Porto de Havnor. Viram as torres brancas, e toda a cidade branca e radiante na neve. As coberturas das pontes e os telhados vermelhos das casas estavam cobertos de neve, e os cordames dos cem navios no porto cintilavam devido ao gelo sob o sol de inverno. As notícias de que chegariam os antecedeu, pois a vela vermelha e remendada do *Visão Ampla* era conhecida naqueles mares; uma grande multidão se reunira no cais nevado, e bandeiras coloridas tremulavam acima das pessoas, ao vento frio e claro.

Tenar estava sentada na popa, bem aprumada, com a capa preta esfarrapada. Ela olhou para o anel no punho, depois para a praia multicolorida e lotada, os palácios e as torres altas. Ergueu a mão direita e a luz do sol brilhou na prata do anel. Uma aclamação emergiu, tênue e alegre no vento, sobre a água agitada. Ged conduziu o barco. Cem mãos se estenderam para puxar a corda que ele jogou no ancoradouro. Ele saltou para o cais e se virou, estendendo a mão para ela.

— Venha! — disse ele sorrindo, e ela se levantou e foi. Séria, Tenar caminhou ao lado de Ged pelas ruas brancas de Havnor, segurando sua mão, como uma criança retornando ao lar.

POSFÁCIO

As pessoas muitas vezes não acreditam quando digo que, ao escrever *O feiticeiro de Terramar*, eu não tinha planos de ir além daquele livro. Mas é verdade. Sei que a primeira página do primeiro livro diz que Ged será um mago famoso com canções e epopeias a seu respeito, um Senhor dos Dragões, Arquimago de Terramar, que tudo parece prometer sequências; mas só afirmei isso ali para que o leitor soubesse que este era um mundo onde a magia era poderosa, onde havia dragões, o mundo da fantasia. É bom esclarecer tal tipo de coisa desde o início. Também afirmei isso ali para que o leitor (e eu) pudesse ter certeza de que aquele garoto pouco promissor teve um futuro.

Eu não tinha a menor ideia, naquele momento, do que era um Senhor dos Dragões ou um arquimago. Essas coisas soavam bem. E eu poderia descobrir o que significavam depois, quando precisasse.

Naquele livro, meu trabalho era unir o jovem Ged e sua Sombra. E então, eu poderia deixá-lo, pronto para iniciar sua brilhante carreira. Afinal, é onde muitos livros sobre jovens terminam. A maioria dos romances sobre se apaixonar não fala sobre o casamento, e a maioria dos romances sobre crescer não fala sobre o adulto.

Então, quando escrevi as últimas palavras do livro, "antes mesmo que ele navegasse ileso pelo Território dos Dragões ou trouxesse de volta o Anel de Erreth-Akbe das Tumbas de Atuan para Havnor, ou voltasse uma última vez a Roke, como arquimago de todas as ilhas do mundo", o que estava em minha mente não era criar expectativas para uma sequência, apenas encerrar uma história contada, ressoante e ecoante.

Porém...

Às vezes, uma escritora escreve uma mensagem para si mesma, para ser lida quando começar a entendê-la.

Depois de *O feiticeiro de Terramar*, escrevi o romance de ficção científica *A mão esquerda da escuridão*. Quando o terminei, pensei: *E agora?* E vasculhei minha mente. Lá estava Ged e seu mundo, Terramar, vívido e vivo, pronto para novas explorações. E havia aquela frase interessante sobre buscar um anel nas Tumbas de Atuan... Atuan era uma ilha karginesa. Eu não tinha refletido muito sobre os kargineses. Pessoas muito diferentes das que habitavam o Arquipélago. Bárbaros de pele branca, piratas, gente não confiável. Mas, se você fosse da ilha karginesa, quem seria? Em quem confiaria? Onde moraria? Como era Atuan?

Então veio o grande e improvável impulso para o livro: uma viagem de carro ao sudeste do Oregon, nossa primeira visita ao condado de Harney, uma terra elevada e solitária de montanhas e grandes planícies de sálvia, de céus puros, longas distâncias e silêncio. Voltando de lá, depois de uma viagem de carro de dois dias, cansativa, em meio à poeira, com nossos três filhos, eu soube que meu romance se passaria naquele deserto. No carro, quando não estávamos brincando com o alfabeto de sinais ou cantando "Forty--Nine Bottles", comecei a sonhar com minha história, que aquela terra me deu. Sou eternamente grata.

***

A razão pela qual as pessoas não acreditam que não planejei uma trilogia desde o início é que a fantasia agora sofre de uma trilogite endêmica (ou mesmo de uma forma ainda mais grave da doença, o serialismo incurável). *O Senhor dos Anéis*, de Tolkien, é o grande responsável por essa epidemia, já que seus seis livros foram impressos em três volumes, uma trilogia. Espero que Terramar também seja culpado, embora tenha terminado em seis volumes também... Mas, quando comecei *As Tumbas de Atuan*, eu o via apenas como uma continuação.

E uma mudança de gênero. Ged desempenharia um papel no livro, mas a história seria de uma garota. Uma garota que morava longe das cidades do Arquipélago, em uma remota terra desértica. Uma garota que não podia buscar o poder, como o jovem Ged podia, ou encontrar treinamento para usá-lo, como ele, mas a quem o poder era imposto. Uma garota cujo nome não lhe foi dado por um professor gentil, mas foi-lhe tirado por um carrasco mascarado.

O garoto Ged, a quem foi oferecida a sabedoria, recusou-a por orgulho e obstinação; à menina Tenar, que recebeu o poder arbitrário de uma deusa, nada foi ensinado sobre viver sua vida de ser humano.

Quando eu estava escrevendo a história, em 1969, eu não conhecia nenhuma heroína de fantasias heroicas, desde os tempos das obras de Ariosto e Tasso, no Renascimento. Hoje em dia há muitas, embora eu me questione sobre algumas delas. As mulheres guerreiras das epopeias fantásticas atuais eram mulheres implacáveis que manejam espadas, sem responsabilidade doméstica ou sexual, que galopam para matar bandidos; para mim, elas se parecem menos com mulheres do que com garotos em corpos de mulheres sob armaduras masculinas.

Seja como for, quando escrevi o livro, foi preciso mais imaginação do que eu tinha para criar uma personagem feminina que, tendo recebido um grande poder, pudesse aceitá-lo como seu direito e mérito. Tal situação não me parecia plausível. Mas, como eu estava escrevendo sobre pessoas que, na maioria das sociedades, *não* receberam muito poder, as mulheres, parecia perfeitamente plausível colocar minha heroína em uma situação que a levasse a questionar a natureza e o valor do poder em si.

A palavra *poder* tem dois significados diferentes. Há o *poder para*: força, dom, habilidade, arte, o domínio de um ofício, a autoridade do conhecimento. E há o *poder sobre*: governo, domínio, supremacia, potência, domínio sobre pessoas escravizadas, autoridade sobre os outros.

Ged recebeu os dois tipos de poder. A Tenar foi oferecido apenas um.

Herdamos a fantasia heroica de um mundo arcaico. Eu ainda não tinha pensado muito sobre esse arcaísmo. Minha história aconteceu na velha hierarquia da sociedade, a estrutura de poder piramidal, provavelmente de origem militar, em que as ordens são dadas de cima, com uma única figura no topo. Este é o mundo do *poder sobre*, no qual as mulheres sempre foram classificadas como inferiores.

Em um mundo assim, eu poderia colocar uma garota no centro da minha história, mas não poderia dar a ela a liberdade de um homem, ou chances iguais às chances de um homem. Ela não poderia ser uma heroína no sentido dos contos de heróis. Nem mesmo em uma fantasia? Não. Porque para mim a fantasia não é um pensamento ilusório, mas uma forma de reflexão, e de reflexão sobre a realidade. Afinal, mesmo em uma democracia, na segunda década do século xxi, após quarenta anos de luta feminista, a realidade é que vivemos em uma estrutura de poder de cima para baixo que foi moldada, e ainda é dominada, por homens. Em 1969, tal realidade parecia quase inabalável.

Então, dei a Tenar o *poder sobre* (domínio e até mesmo a condição de divindade), mas esse era um dom do qual viriam poucas coisas boas. O lado sombrio do mundo era o que ela precisava descobrir, como Ged teve de descobrir as trevas em seu próprio coração.

***

Em *O feiticeiro de Terramar* há indícios de que os kargineses não praticam magia, considerando-a maligna, mas que estão mais em contato com os Velhos Poderes da Terra do que o povo de Ged. No Arquipélago, a magia forte e ativa pertence quase inteiramente aos homens, sendo as bruxas mal treinadas e desacreditadas; e os Velhos Poderes são comumente descritos da forma como misóginos descrevem as mulheres: obscuras, sombrias, fracas e traiçoeiras.

Em *As Tumbas de Atuan*, os Velhos Poderes, os Inominados, aparecem como misteriosos, sinistros e, ainda assim, inativos. Arha/Tenar é a sacerdotisa deles, a maior de todas as sacerdotisas, a quem o próprio Deus-Rei deve obedecer: mas qual é o reino dela? Uma prisão no deserto. Mulheres vigiadas por eunucos. Lápides antigas, um templo parcialmente em ruínas, um trono vazio. Um labirinto subterrâneo assustador onde prisioneiros são abandonados para morrer de fome e sede, onde apenas ela pode caminhar pelo dédalo, onde a luz nunca deve entrar. Ela governa um reino escuro, vazio e inútil. O poder dela a aprisiona.

Esta não é a garantia cor-de-rosa que muitos romances da época ofereciam a adolescentes. É uma imagem muito sombria do que uma garota pode esperar. A vida de Arha é triste, imutável, com quase nenhuma experiência de bondade, exceto por Manan, o eunuco. O terceiro capítulo pode ser a passagem mais cruel e sem esperança em todos os livros de Terramar. Ao consentir com a morte de "seus" prisioneiros, Arha tranca a porta da prisão para si mesma. Toda a sua vida será vivida em uma armadilha.

Ela só consegue escapar quando Ged se torna seu prisioneiro. Ela, pela primeira vez, exerce seu *poder para*: a liberdade para escolher. Ela escolhe deixá-lo viver. Então, dá a si mesma a chance de perceber que, se pode libertá-lo, também pode se libertar.

Algumas pessoas leram a história como uma reafirmação da ideia de que uma mulher precisa de um homem para fazer algo (algumas concordaram, aprovando; outras resmungaram e protestaram). Certamente Arha/Tenar satisfaria melhor as idealistas feministas se fizesse tudo sozinha. Mas a verdade, como eu a enxergava e como estabeleci no romance, é que ela não conseguia. Minha imaginação não fornecia um cenário no qual ela conseguisse, porque meu coração me dizia, em tom inquestionável, que nenhum gênero poderia ir longe sem o outro. Então, na minha história, nem a mulher nem o homem podem se libertar um sem o outro. Não naquela armadilha. Cada um tem de pedir a ajuda do outro e aprender a confiar e a depender do outro. Uma grande lição, um novo conhecimento para essas duas almas fortes, voluntariosas e solitárias.

Relendo o livro, mais de quarenta anos depois de escrevê-lo, me pergunto sobre muitos de seus elementos. Foi o primeiro livro que escrevi com uma mulher como verdadeira personagem central. A personagem de Tenar e os acontecimentos da história vieram de dentro de mim, tão profundos que as imagens subterrâneas e labirínticas, e certa qualidade vulcânica, dificilmente são admiráveis. Mas a escuridão, a crueldade, a vingança... Afinal, eu poderia apenas deixar isso tudo livre, por que destruí todo o Lugar das Tumbas com um terremoto? É uma espécie de grande suicídio, os Inominados aniquilando o próprio templo em um vasto espasmo de raiva. Talvez fosse toda a ideia rudimentar e odiosa do feminino como escuro, cego, fraco e maligno que eu via se despedaçando, implodindo, desmoronando em destroços em um terreno deserto. E exultei ao vê-la cair. Ainda exulto.

Anos mais tarde, nos últimos três livros de Terramar, quando pude continuar a história de Tenar e começar a repensar sobre os Antigos Poderes da Terra, a natureza da magia e a história de Terramar, tanto Tenar como eu pudemos enxergar todas essas questões sob uma luz diferente, sob um céu mais amplo e gentil.

SOBRE A AUTORA

URSULA K. LE GUIN é uma das maiores autoras de ficção científica, além de ser aclamada também por suas obras sensíveis e poderosas de não ficção, fantasia e de ficção contemporânea. Conhecida por abordar questões de gênero, sistemas políticos e alteridade em suas obras, recebeu prêmios honrosos como Hugo, Nebula, National Book Award e muitos outros.

ESTA OBRA FOI COMPOSTA EM CASLON PRO E IMPRESSA
EM PÓLEN NATURAL 70G COM REVESTIMENTO DE CAPA
EM COUCHÉ BRILHO 150G PELA GRÁFICA IPSIS PARA A
EDITORA MORRO BRANCO EM AGOSTO DE 2022